ASTRID FRANKE

DURCH DEN HAHN KRÄHEN DIE TOTEN

1. Auflage

ISBN 978-3-96614-000-3

Korrektur: Bernd Sievert
Lektorat: Manja Stegemann
Titelbild: Markus Blazaizak
Satz: Verlagskontor Horst Dieter Adler
Druck: CPI Books Leck
Printed in Germany

Arthur Nussbaum

Der Himmel ist klar, es ist eine bitterkalte Vollmondnacht. Nun wird es nicht mehr lange dauern und die Menge zählt wieder rückwärts. Die letzten Besucher strömen noch aus den kleinen verwinkelten Seitengassen auf den Platz. Dann ist es kurz vor Mitternacht, und plötzlich beginnt die Menge zu zählen: 10,9,8,7,6,5,4,3,2,1!!!

Die Musik von Händel ertönt und das Feuerwerk erhellt den Platz. Der Vollmond ist nicht mehr zu sehen.

*

Arthur Nussbaum steht still da und beobachtet die Menge, einsam umhüllt von einer Vielzahl an Menschen. Es ist das erste Silvester seit seine Eltern vor drei Wochen ums Leben kamen. Warum sein Vater sterben musste, wusste die Kripo allerdings noch nicht.

Nun ist Arthur wirklich alleine. Ob es ihn störte, konnte er nicht sagen. Wahrscheinlich würde man das von ihm erwarten. Aber wer sollte es von ihm erwarten? Arthur selbst hatte keine Kinder. Er steht das erste Mal seit zehn Jahren wieder in seiner Geburtsstadt. Damals war er nach Schottland ausgewandert, ja regelrecht geflohen vor den vielen Menschen in der Stadt seiner Eltern. Denn schon als Kind liebte er Abgeschiedenheit und Ruhe. Seine jungen Jahre waren jedoch geprägt vom Gegenteil. Er wuchs in einer großen, lauten Stadt heran, in der überall Störungen lauerten. Er ging zur Tür hinaus und schon begegneten ihm unfassbar viele Dinge wie zum Beispiel Menschen, Kinder, Hunde, Autos, Fahrräder, Busse, Straßenbahnen und weitere unzählige Elemente. Jeden Tag. Das Schlimmste aber war, dass alles Geräusche machte und es überall nach sonderbaren, teilweise ekelerregenden Emissionen und Ausdünstungen roch. Deswegen blieb Arthur am liebsten in seinem Zimmer und erforschte die Welt der Buchstaben. Der 5-jährige Junge erzählte seinen Eltern nichts von seinem Geheimnis. Sein Name Arthur Nussbaum diente ihm dabei als Tor in die Schöpfung der Schriftzeichen. Immerhin enthielt dieser 9 der 26 Lettern. Arthur nutzte die Einkaufszettel der Mutter, die Vornamen seiner Eltern, den Namen des elterlichen Geschäftes und vieles mehr, so lange, bis er lesen konnte. Er wollte die Geschichten kennenlernen, von denen Herr Nierstein, Studienrat a.D. und Nachbar der Familie Nussbaum erzählte. Herr Nierstein war ein ehrenwerter Mann, seine Frau war im letzten Jahr gestorben und nun konnte sie ihm seine Bücher nicht mehr vorlesen. Der Katarakt ließ seit 2-3 Jahren seine geliebten Werke im grauen Nebel verschwinden. Arthur half Herrn Nierstein manchmal bei den Besorgungen, im Gegenzug erzählte dieser ihm Geschichten. Nach und nach bemerkte Arthur, dass es gar nicht die eigenen Geschichten von Herrn Nierstein waren, sondern dass die Geheimnisse, von denen er immer erzählte, verborgen hinter den zahlreichen Buchrücken lagen. Er bemerkte den Kummer des alten Mannes und die Sehnsucht, die er zu verbergen versuchte, wenn er Arthur Geschichten erzählte. Der Junge war fasziniert. Es gab eine Welt über Menschen, ohne dass man diesen direkt begegnen musste. Sie schienen sich in all den Büchern zu befinden, die im Wohnzimmer von Herrn Nierstein standen. So fasste Arthur im Alter von 5 Jahren den Entschluss, das Vorlesen zu erlernen.

*

Immer, wenn der Nachbarsjunge sich wieder einmal heimlich ein Buch aus seinem Regal nahm, weil der kleine Bursche dachte, er würde es aufgrund seines schlechten Sehens nicht bemerken, musste Herr Nierstein schmunzeln. Die Eltern des Jungen hatten wenig Zeit für die Kunst der Literatur und aus diesem Grund wenig lesenswerte Exemplare zu Hause. Es freute ihn, dass er einen Jungen gefunden hatte, den er durch die Magie des geschriebenen Wortes in den Bann der Literatur ziehen konnte. Und so kam es, dass Arthur ihm vorzulesen begann, ohne dass er ihn darum bitten musste. Der Gedanke daran, dass dieser liebenswerte Bengel später in der Schule vermutlich wegen seiner Lesekunst ein Außenseiter sein würde, der gehänselt, gepiesackt und von seinen Kollegen nicht anerkannt würde, betrübte ihn. Arthur war wie ein kostbarer Edelstein, der in einer unscheinbaren Umhüllung verpackt war. Ein Stein, den die profanen Menschen liegen lassen oder sogar mit den Füßen wegtreten würden.

*

Arthurs Leistungen in der Schule waren ausgezeichnet, ausgenommen im Fach Biologie. Ständig wurde es ihm übel, so dass er sich sogar übergeben musste. Sobald es um Tiere oder Menschen und deren Innereien ging, wurde ihm schlecht. Dann konnte er vor lauter Anspannung nichts mehr, außer seinen Daumen und seinen Zeigfinger aneinander zu reiben, um den Brechreiz zu unterdrücken. Die Idee des Zusammenspiels verschiedener Systeme wie Knochen, Nervenleitungen und die Übertragung auf den Muskel und daraus folgend als Ergebnis eine Bewegung interessierte Arthur. Die komplexen Abläufe, die ineinandergreifen müssen, damit etwas funktioniert, empfand er als spannend und faszinierend. Aber der Gedanke, womit die anatomische Substanz der Knochen umhüllt ist, widerte ihn an. Sofort kam die Vorstellung hoch, dass ein Mensch riecht, dass er schwitzt, dass er Blut in sich trägt, dass er andere Dinge ausscheidet. Diese Überlegungen brannten sich so tief in seinen Kopf ein, dass er sie nicht mehr los wurde, bis er sich übergeben musste. Es war so schlimm, dass seine Eltern schließlich den Lehrer Herrn Steinhoff darum bitten mussten, den Jungen vom Biologieunterricht zu befreien.

Arthur hatte häufig blutige Knie, aber nicht weil er beim Fußballspielen hinfiel. Diese oder andere Geschichten erzählte er seinen Eltern, damit sie sich nicht sorgten. Nein, Arthur verkörperte viel mehr den Ball selbst. Man mag die kausale Verknüpfung hegen, dass er aufgrund einer adipösen Statur dazu auserkoren war. Das war es aber nicht. Selbst beim bloßen Gedanken an Nahrungsaufnahme, wurde ihm zuweilen schlecht, vor allem wenn es sich um Produkte von Tieren oder Tierausscheidungen wie Milch, Joghurt oder Honig handelte. Weil er ständig keinen Appetit hatte, nahm er stetig ab, bis sein Körper die Folgen von Anorexie zeigte: er wurde immer dünner.

So wurde Arthur von den anderen Kindern in seiner Schule geschubst, getreten und sogar bespuckt. Verstehen konnte er all das nicht und er wollte es auch nicht verstehen. Kinder, Lehrer, Eltern, all das Verhalten, das Dasein der Menschen und das Nichtfunktionieren des Miteinanders lag für ihn in der Unerreichbarkeit des Begreifens. Der Gedanke daran, dass er aus dem Leib seiner Mutter geboren wurde, ließ ihn erschaudern. Ganz zu schweigen an den Gedanken, wie er dort hineingekommen war. Mit all diesen Dingen wollte er am liebsten nichts zu tun haben. So flüchtete er immer wieder in seine eigenen vier Wänden und zu Herrn Nierstein. Das waren seine Zufluchtsorte. Der immer älter werdende Herr und dessen Bücher waren ihm dabei genauso lieb wie die völlige Abgeschiedenheit. Arthur liebte ein Buch besonders. „Die menschliche Komödie“, geschrieben von einem gewissen Herrn Mamoulian. Eigentlich war es kein richtiges Buch, sondern viel mehr ein Skript, aber eines der wenigen, die ihn erheitern konnten. Er erkannte viele Gedanken des Schreibers, als die seinen. Herr Mamoulian sah die Dinge sehr ähnlich, wie Arthur sie selbst sah.

*

Eines Tages begann Herr Nierstein Arthur von den Sternen zu erzählen, weil er sich erhoffte, dass es dem Jungen Halt und Zuflucht geben könnte, sobald er selbst einmal nicht mehr auf Erden verweilen würde. Er wollte versuchen, einen Ort für Arthur zu finden. Dieser Ort konnte der Himmel mit seinen Geheimnissen sein. Er erzählte ihm von der Milchstraße, den Planeten, den Anordnungen der Sterne im Universum. Dann begann er Arthur von seinem Namensvetter zu erzählen, Arthur Stanley Eddington. Eddington war ein britischer Astrophysiker. Er erforschte die Dynamik der Bewegung von Sternen und modellierte und beschrieb als erster Physiker das Innere dieser. Herr Nierstein hatte eine deutsche Übersetzung von „stars and atoms“ irgendwo in seinem Regal stehen. Dieses Werk musste er unbedingt finden und so platzieren, dass der kleine Arthur es entdecken würde. Bis dahin berichtete er ihm fast jeden Tag, was dieser großartige Mann an Theorien über die Sterne und deren Leuchtkraft, über die Relativitätstheorie und vieles mehr erforscht und herausgefunden hatte. Gespannt lauschte Arthur Herrn Nierstein, wenn er berichtete, was für ein toller Astrophysiker Herr Eddington gewesen ist. Arthur konnte bei sternenklarer Nacht fast nicht mehr schlafen, weil er zwanghaft in den Himmel sehen musste. Dabei dachte er immer an Herrn Eddington und ihren gemeinsamen Vornamen. Eines Tages entdeckte er ein Buch „Sterne und Atome“, 4. Auflage von 1958. Das war die Übersetzung einer der Veröffentlichungen von Eddingtons Büchern. Arthur wurde nervös, Zeigefinger und Daumen rieben so stark aneinander, dass eine Blase entstand. Das Buch musste er haben, aber wie?

Eines Mittags kam Arthur zu Herrn Nierstein mit den Einkäufen und sah ein Geschenk auf dem Küchentisch liegen. Verunsichert, für wen dieses Geschenk sein könnte, räumte Arthur zunächst die Einkäufe weg und ging dann ins Wohnzimmer.

„Das Geschenk ist für Dich, mein Junge. Ich weiß niemanden, der besser auf dieses kostbare Stück Acht geben kann, als Du es tun wirst.“, sagte Herr Nierstein.

Arthur packte es aus und konnte es kaum glauben. Es war die deutsche Übersetzung von Eddington und er liebte dieses Buch und dessen Inhalt sofort. Er liebte die Sterne, er liebte die Nacht und er liebte den Mond und seine Anziehungskraft. Dann fühlte er sich frei, ohne dass er das Gefühl hatte, anders oder falsch zu sein.

*

Im Laufe der Jahre lernte Arthur sich anzupassen und sich damit unsichtbar zu machen. Er wollte unter keinen Umständen auffallen. So kam er durch die Schule und auch durch sein Studium. Er studierte selbstverständlich Astronomie. Seine

Eltern ließ er in dem Glauben, ein Jurastudium zu absolvieren. Sie waren der Meinung, dass Astronomie eine brotlose Kunst sei. Später sollte er ihr Geschäft übernehmen und dann wäre es gut, wenn er etwas Vernünftiges studiere. Das sah Arthur anders: ein Jurist? Das ginge nicht, er würde immer mit Menschen zu tun haben, mit Gesprächen und Verhandlungen. Arthur müsste dann auch verstehen können, warum Menschen streiten. Er begriff noch nicht einmal, warum Personen belanglose Dinge austauschten, wie sollte er dann erfassen, dass Klienten sich über solches sogar erzürnen konnten. Was genau er allerdings mit seiner Sternenkunde später machen wollte, wusste er noch nicht. Ehrlich gesagt, dachte er darüber auch nicht nach. Sein Wunsch war es, die Verteilung und die Harmonie der Himmelskörper zu verstehen, ihre Ausgewogenheit und ihre Mitte zu finden und zu erfassen. Es gab eine Ordnung, die sich nach den Naturgesetzen richtete. Gesetze, die andere natürliche Daseinsformen, wie den Menschen, nicht zu interessieren schienen. Stephen Hawking war, wie Arthur Stanley Eddington, so eine bemerkenswerte Ausnahme dieser Gattung. Herr Hawking erforschte als Astrophysiker wie kein anderer die schwarzen Löcher im Weltall, dort wo die Sterne sind. Aber der Großteil der Zivilisation interessierte sich wenig für das Himmelszelt und dessen verborgene Schönheiten. All diese Gedanken kreisten still in Arthurs Kopf umher: er sprach nie aus, was in ihm vorging. Im Stillen gedachte er lediglich Herrn Niersteins, der zum Ende von Arthurs Volksschulzeit seiner Frau in den Tod gefolgt war. Damals sagte er:

„Arthur, ich werde eines Tages nicht mehr auf dieser Erde sein, ich möchte dann zu meiner Frau in den Himmel kehren. So unwirklich es Dir erscheinen mag, ich werde jede Nacht wie ein Stern funkeln. Vielleicht findest Du mich eines Tages dort oben. Du wirst nie einsam sein. Herr Eddington und ich werden Dich begleiten."

*

Seine Eltern betrieben ein Juweliergeschäft. Sie waren immer liebevoll gewesen. Es waren einfache Leute, aber trotz ihres schlichten Daseins gaben sie ihm das Gefühl, wertvoll und normal zu sein. Er wusste schon lange, dass er nicht so war, wie die anderen. Er wollte auch nicht so sein. Auch seine Eltern wussten es. Sie beobachteten ihn, sahen traurig und zuweilen besorgt aus. Es war nicht immer einfach für sie, man sprach in der Stadt über den Sohn des Juweliers Nussbaum und was mit ihm nicht stimmen konnte. Wurde er gezwungen, belanglose Konversationen mit Mitmenschen zu führen, kroch manchmal die Wut in ihm empor, wie ein Magenleiden, langsam und gleitend. Arthur begriff nicht, warum die Menschheit so viel Zeit mit dem Austausch von Worten verbrachte und zeitweise sogar Spaß daran empfand. Dann stieg in ihm Wut empor, seine Gedanken über die Verschwendung beim Wechseln von Worten blieben aber sein Geheimnis. Der äußere Betrachter nahm lediglich einen Jungen wahr, der immer auf den Boden starrte und die Daumen und Zeigefinger seiner Hände aneinander rieb. Aber was auch immer gerätselt und gewispert wurde, seine Eltern hielten zu ihm.

*

Als Arthur sein Studium beendete, war er zwischen Erleichterung und schlechtem Gewissen seinen Eltern gegenüber hin und her gerissen. Dennoch empfand er es als richtig, ihnen nicht die Wahrheit gesagt zu haben. Zu sehr würden sie sich um die Zukunft ihres einzigen Sohnes sorgen. Er hatte ihnen bereits zu Beginn des Studiums erläutert, dass er bei aller Liebe zu ihnen das elterliche Geschäft nicht übernehmen könne. Zu sehr würde Arthur der tägliche Umgang mit Personen quälen. Das verstanden seine Eltern, kannten sie ihren Sohn doch sehr gut. Trotz des Wissens, dass er für die Nachfolge nicht in Frage käme, ließ er sie in dem Glauben, ein Jurastudium abgeschlossen zu haben. Er wollte seine Eltern damit nicht belasten, dass er seiner Überzeugung gefolgt war und das Studium der Astronomie absolviert hatte.

*

Einige Zeit hielt er sich mit Gelegenheitsjobs über Wasser. Als Astronom war es in der Tat nicht einfach, eine Anstellung zu finden. Seine erste Tätigkeit an einer Tankstelle nahm er am anderen Ende der Stadt ein, damit er nicht in die Verlegenheit kam, seine Eltern anzutreffen. Sie besaßen kein Auto und gingen selten aus ihrem Viertel. Eines Tages fuhr eine ältere Dame in einem zweifarbigen Auto vor. Ein Mercedes-Benz 220 SE Cabriolet soll es gewesen sein, wie ihm später mitgeteilt wurde. Volltanken und waschen sollte er das Auto. Arthur verstand nicht viel von Autos und Motoren und tankte voll, wie von ihm erwartet. Voll mit Diesel. Das war wohl falsch.

Weitere Tätigkeiten folgten: Nachtportier, Zeitungskurier, Schuhverkäufer und als Nachtwächter in einem Bestattungsunternehmen. Diese Tätigkeit war ihm sein liebster Job. Die Toten redeten nicht und stellten keine Fragen. Sie lagen da, still, kalt und starr. Er empfand sie nicht als Lebewesen, die mit Blut oder anderen ekelhaften Körperflüssigkeiten gefüllt waren. Jeder hatte sein Leben gelebt und war auf die ein oder andere Weise verstorben.

Sie redeten nicht. Keine Wut kroch in ihm hoch, er empfand ihre Anwesenheit als angenehm. Irgendwann begann Arthur ihnen Geschichten zu erzählen oder seine Gedanken und Geheimnisse über die Menschen mitzuteilen und seine Liebe zu den Sternen preiszugeben. Niemand widersprach, stellte Fragen oder kommentierte. Das war wunderbar.

„Guten Abend Herr Grünfels, ich hoffe Sie hatten eine angenehme Ruhe. Als ich heute mit der Straßenbahn zu Ihnen fuhr, hatte ich eine interessante Begegnung, von der ich Ihnen gerne Bericht erstatten würde. In freudiger Erwartung, was Sie schweigend darüber denken. Neben mir saß eine junge Mutter mit ihrem Sohn. Dieser schien auf seine Art besonders zu sein. Er blickte nur auf den Boden, schien auf den ersten Eindruck seine Umwelt gar nicht wahrzunehmen. Nach längerer Betrachtung zeigte sich, dass er die Anzahl einsteigender und aussteigender Schuhe zählte. Niemand außer seiner Mutter und einer freundlichen, älteren Dame mit einer Hahnenfeder am Hut schien dieses zu registrieren. Die Mutter tat so, als wäre nichts. Aber ihr Blick verriet sie. Sie wirkte angespannt und schaute vorsichtig, ob die Leute in der Straßenbahn etwas bemerken würden. Mich nahm sie nicht wahr, wissen Sie, ich war schon als Kind gut darin, mich unsichtbar zu machen. Die Finger des Jungen wurden hochkonzentriert in einem mir nicht verständlichen

System bewegt. Sie schienen alles zu registrieren, was Schuh war. Als ich aussteigen wollte, setzte ich kurzerhand einen meiner in einem Lederschuh gekleideten Fuß wiederholt in den Gang. Er bemerkte mein Manöver und hatte sofort den wiederholt gezeigten Schuh von der Gesamtzahl der Schuhe abgezogen und blickte auf. Er sah mich direkt an und wir wussten beide, dass wir uns verstehen."

Herr Grünfels reagierte auf diesen Monolog erwartungsgemäß nicht, sondern lag still da und hielt aufgrund der vorhandenen Ligatur seine Klappe. So war es Arthur ganz recht, dass bei den Toten der Unterkiefer mit einem Baumwollfaden an der Nasenscheidewand festgenäht worden war. So konnte er sicher sein, dass nichts, aber auch rein gar nichts über die Lippen der Anwesenden gehen würde. Er war überhaupt sehr froh, dass er mit dem Reinigen und Desinfizieren der Leichen nichts zu tun hatte und mochte auch nicht darüber nachdenken. Arthur war lediglich als Nachtwache angestellt worden und das war gut so. Arthur erzählte weiter.

„Wissen Sie Herr Grünfels, die Mutter tat mir sehr leid, mehr als der Junge. Mit meinen Eltern habe ich auch oft Mitleid, ich sehe wie sehr sie sich sorgen, weil ich nicht normal bin. Hatte ich Ihnen das noch gar nicht erzählt? Entschuldigen Sie dieses Versäumnis. Als Kind merkte ich schnell, dass andere mich als sonderbar empfunden haben. Ich bin von anderen meiner Altersklasse nie akzeptiert worden, die anderen Kinder haben mich nicht als Wesen ihrer Gattung wahrgenommen. Heute kann ich mich besser verstellen, aber meine Eltern sorgen sich immer noch. Dagegen kann man nichts tun, egal wie sehr man sich bemüht. Stolze Eltern? Nein, es bleibt der besorgte Blick. Nun aber Schluss, ich möchte Ihnen nicht länger die Zeit stehlen mit belanglosen Dingen. Kommen wir zu Ihnen.

Ich habe heimlich in Ihre Unterlagen gesehen. Herr Grünfels, ich hoffe inständig, Sie verzeihen diese Indiskretion. Es steht geschrieben, dass Sie Bücher über die Inka geschrieben haben. Sehr interessant, Sie haben sich mit verstorbenen Kulturen befasst. Gerne hätte ich mich mit Ihnen über das Wissen und Nutzen dieser Kultur in Bezug auf Sternenbilder ausgetauscht. Wissen Sie, ich bin studierter Astronom. Sicherlich wundern Sie sich nun, warum ich in der Nacht bei Ihnen bin.

Wahrscheinlich würden Sie sagen: „Herr Nussbaum, was machen Sie hier in diesem Bestattungsunternehmen? Sie müssen raus zu den Sternen!!“

„Ich gebe Ihnen Recht! Ich möchte nach Schottland. Dort gibt es viele Steinkreise mit liegenden Altarsteinen. Die Art der Setzungen spiegeln die architektonischen Anordnungen der Sterne zum Mond wider. Das ist wunderbar! In den alten Kulturen nutzten viele Menschen die Sterne zur Orientierung. Heute, Herr Grünfels, nutzt man technische Geräte zur Navigation. Schlimm ist das, finden Sie nicht auch? Ich werde bald nach Schottland auswandern, Sie werden sehen, von oben vielleicht. Grüßen Sie Herrn Nierstein und Herrn Arthur Stanley Eddington von mir, wenn Sie ihnen begegnen."

Gewohnheitsgemäß erhielt Arthur keine Antwort, das liebte er. Niemand widersprach, niemand hatte eine andere Meinung. Und so führte Arthur viele, viele Gespräche und tauschte sich aus, mit den Toten, die wie versteinert da lagen. Er liebte diese Arbeit und dann kam der Tag, als Arthur nach Schottland auswanderte. Es waren wirklich die Sterne und die Steine. Seinen Eltern erzählte er, dass er als Jurist in einer Kanzlei in Aberdeen genommen wurde. In Wirklichkeit erhielt er eine Anstellung bei der Astronomical Society.

*

Arthur erforschte unter anderem die Aktivitäten von Meteoriten, Langzeitstudien verschiedener Sternenbilder zu gleichen Jahreszeiten, das Verschwinden von Himmelskörpern und das Aufleuchten von massenreichen Sternen durch eine

Explosion. Er beobachtete Kometen und andere ungewöhnliche Erscheinungen, sie wurden aufgezeichnet und analysiert. Am liebsten arbeitete Arthur mit Neil. Eine schweigsame, hoch intelligente Person, der später sogar der Vizepräsident der Society wurde. Arthur selbst erforschte die Steinsetzungen im Zusammenhang mit den Bewegungen von Meteoriten. Gab es damals vor tausenden Jahren bereits Beobachtungen und Wissen darüber und konnte man diese Erkenntnisse in Steinsetzungen wiederfinden? Arthurs Leben war erfüllt. Er durfte einer Tätigkeit nachgehen, die ihn nicht nur ernährte, sondern geistig erfüllte. Ein wenig erinnerte es ihn in Edinburgh an die Arbeit im Beerdigungsinstitut. Unbewegliche, kalte und starre Objekte hörten ihm zu und ließen Arthur ablesen, wie Dinge vor diesem Leben zusammengehörten. Alles richtete sich nach einer gewissen Ordnung, auch die unberechenbaren Menschen. Nehmen wir die Erfindung der Schulglocke als Beispiel. Es läutet, alle Kinder gehen oder rennen in ein Gebäude. Kurze Zeit später klingelte die Glocke erneut, alles rennt wieder raus. Wie mag diese merkwürdige Art von Ordnung betrachtet von den Sternen aussehen? Warum reagieren bewegliche Wesen auf ein Signal und wissen, was dann zu tun ist? Diese Frage stellte sich Arthur in Bezug auf die Himmelskörper, nur dass die zeitliche Einheit nicht auf 45 Minuten zu takten war, sondern auf Millionen von Jahren.

*

Die Verbindung zu seinen Eltern blieb liebevoll. Jeden Mittwochabend läutete das Telefon zweimal, dann eine kurze Pause. So wusste Arthur, dass es seine Eltern waren und kam nicht in die Verlegenheit unvorbereitet mit einer anderen Person telefonieren zu müssen. Die Variation der Gesprächsinhalte war überschaubar. Es ging immer um das familiäre Juweliergeschäft. Den Wunsch, dass er als einziger Nachkomme die Familientradition fortführen möge, gaben sie damals auf. Das Juweliergeschäft wurde in der 3.Generation von den Eheleuten Nussbaum geführt und würde mit ihrer Generation enden. Das hatten sie akzeptiert. Aus diesem Grund standen seine Eltern im Alter von 80 Jahren immer noch beide jeden Tag, den heiligen Sonntag ausgenommen, gut gekleidet in ihrem Geschäft. Selbst nachdem Edith Nussbaum vor 2 Jahren an beiden Hüften operiert wurde, blieb sie mit Krücken standhaft im Betrieb. Kurz nach der Entlassung aus dem Hospital empfing sie ihre Kunden schnell mit gewohnter Höflichkeit in ihrem Geschäft. Herr Nussbaum ließ es sich damals nicht nehmen, seiner Gattin einen besonderen Gehstock zu schenken. Einen Gehstock, der der Eleganz seiner Frau ebenbürtig war. Das Exemplar stammte aus dem 18. Jahrhundert und war aus Buchsbaum gefertigt. Elfenbein hätte seine Frau nicht akzeptiert, weil sie Tiere liebte. Der Knauf war vergoldet und als Hahnenkopf geschwungen, dessen Bernsteinaugen funkelten, wenn die Sonne durch das Ladenfenster schien. Dieser edle Stock ersetzte dann die gräulichen Krücken.

*

Es war abends kurz vor Ladenschluss. Herr Nussbaum reinigte den Eingangsbereich, schloss die Vitrinen zu und deckte die Uhren mit einem dunkelblauen Samttuch ab. Während dessen nahm Frau Nussbaum im Hinterraum die Abrechnung des Tages vor. Heute war die Kasse gut gefüllt, es waren nur noch ein paar Tage bis Weihnachten und die Leute kauften großzügig Geschenke, besonders Ohrringe, Ketten und Uhren.

Gerade in dem Moment, als Herr Nussbaum den Laden zusperren wollte, kam ein aufgeregter junger Herr zur Tür. Er müsse dringend noch eine Uhr für seine Tochter erwerben, die morgen Geburtstag habe. Der Schlüssel, bereit zum Verschließen des Ladens, steckte bereits in der Tür.

„Sehr gerne, kommen Sie doch herein“, erwiderte Herr Nussbaum, denn Höflichkeit gegenüber seinen Kunden war oberstes Gebot. Herr Nussbaum entfernte das blaue Samttuch und drehte sich um. Plötzlich blickt er in den Lauf eines Revolvers.

„Ich bitte vielmals um Entschuldigung, ich muss Sie leider ausrauben. Bitte machen Sie keine Probleme und füllen Sie den Schmuck und ihre Bareinnahmen in diesen Beutel!“

Herr Nussbaum erwiderte nichts, sondern tat, was von ihm verlangt wurde. Seine Frau befand sich mit den Bareinnahmen im Hinterzimmer, was sollte er tun? Zuvorkommend bat er den Räuber, ihm nach hinten zu folgen, um den Tageserlös zu holen. Herr Nussbaum klopfte an und öffnete die Tür. Seine Gattin stand mit dem Rücken zu ihnen an einem Tisch und zählte.

„Liebes“, sagte Herr Nussbaum mit ruhiger Stimme, „der Herr hier bittet uns, unsere Einnahmen in den Beutel zu füllen, bitte tu, was er sagt.“

Edith Nussbaum traute ihren Ohren nicht. Sie hasste nicht viel, aber Menschen, die anderen etwas wegnehmen, die verabscheute sie zutiefst. Plünderungen musste ihre Familie durch die Kriege genug erleben. Sie spürte, wie die nackte Wut in ihr emporstieg: Jetzt war Schluss! Sie dreht sich um und sah dem Schurken mit festem und entschlossen Blick in die Augen.

Sie ging einige Schritte auf ihn zu und sagte: „Herr Bandit, bedienen Sie sich!“

Der Mann nickte und ging zum Tisch, um das Geld in seinen Beutel nun selbst einzufüllen. Plötzlich krachte etwas mit voller Wucht auf seine Schulter nieder. Er drehte sich um und sah, dass die Alte immer wieder und wieder ausholte. Sie hielt einen Krückstock mit einem vergoldeten Hahnenkopf mit bösen Augen in der Hand und schlug erneut zu. Irgendwann ging er blutend zu Boden. Und schon wieder schlug diese wildgewordene Frau mit ihrem Hahn auf ihn ein, noch einmal und noch einmal. Damit hatte er nicht gerechnet. Dieses Juweliergeschäft hatte er lange zuvor beobachtet und das Verhalten der beiden Inhaber studiert und eingeschätzt. Es durfte immerhin nichts schief gehen, diesmal hatte er keinen Komplizen, er musste das alleine durchziehen. Er wollte nicht, dass noch mal jemand ums Leben kam. Und während er noch an seinen letzten Überfall dachte, schlug der Hahn erneut zu. Diese gruseligen Augen sahen so bösartig und furchteinflößend aus. Plötzlich schoss er aus Verzweiflung um sich und traf Frau Nussbaum. Sie war sofort tot.

*

Es war der 09. Dezember, als das Telefon bei Arthur klingelte. 4-5-6-7- mal. Arthur hob nicht ab. Kurze Zeit später wieder und wieder und wieder. Ihm platzte bereits fast der Kopf bei dem Gedanken daran, dass er mit jemand anderen als seinen

Eltern sprechen müsste. Schließlich ging er an den Apparat. Es war die Kriminalpolizei aus Deutschland. Sie sagten irgendetwas von einem Raubüberfall auf das Geschäft seiner Eltern und dass beide tragischerweise dabei ums Leben gekommen seien. Er möge doch bitte nach Frankfurt kommen, um sie zu identifizieren und um alles Weitere zu besprechen.

Am nächsten Morgen nahm er die Maschine von Glasgow nach Frankfurt am Main. Arthur erfuhr, dass ein einzelner Mann das Geschäft seiner Eltern ausrauben wollte. Der Herr Vater sei laut Videoaufzeichnung mit dem Räuber in die hinteren Räume gegangen, wo die Mutter mit dem Rücken zur Kamera an einem Tisch stand. Sie zählte anscheinend die Einnahmen des Tages. Seine Mutter habe sich zunächst vom Tisch abgewendet, um dem Täter Platz zu machen. Dann hätte sie begonnen mit ihrem Gehstock mehrere Male auf den Einbrecher einzuschlagen, woraufhin der Räuber einen tödlichen Schuss auf die Mutter abgefeuert hätte. Diese sackte sofort in sich zusammen. Sein Vater und der Täter rührten sich eine Minute lang nicht, dann schienen sie sich über etwas zu unterhalten. Diese Unterhaltung dauerte 4,38 Minuten. Danach stand Herr Nussbaum auf, schrieb einen Brief, steckte diesen in einen Umschlag, schrieb etwas darauf und gab es dem Einbrecher. Er setze sich zu seiner toten Frau und sackte plötzlich ebenfalls in sich zusammen und blieb liegen. Arthur wurde noch gefragt, ob er sich die Aufzeichnungen der Überwachungskamera ansehen wolle. Dieses verneinte Arthur. Der Täter sei ohne Gegenwehr gefasst worden und sitze bereits in Untersuchungshaft. Der Brief seines Vaters, den der Täter in der Hand hielt, sei an Arthur persönlich mit dem Zusatz -vertraulich - adressiert. Der Bitte diesen zu öffnen, kam Arthur nicht nach. Das wollte er irgendwann alleine tun.

Den Weg zur Rechtsmedizin kannte er noch aus der Zeit als Nachtwächter beim Bestatter Staubiger. Mutter und Vater lagen still da. Es wurden kurz die Tücher von den Gesichtern gehoben und Arthur erkannte beide sofort. Plötzlich empfand er einen inneren Frieden. Keine Sorgen würden sie mehr plagen, ob es ihrem Kind gut gehe. Keine Gedanken um das Geschäft und die gescheiterte Familiennachfolge. Beide sahen friedlich erlöst aus und Arthur wusste, dass es ihnen gut ginge. Er würde ihnen in Schottland besondere Steine setzen, dort wo er sie architektonisch am Himmelsgewölbe sähe. Arthur fühlte eine einsame, angenehme Ruhe.

*

Nun stand er still da, elternlos, familienlos und beobachtete die Menschenmenge. Das Beobachten kostete ihn viel Kraft, da sein Inneres eher den Blick nach unten verlangte, sobald von Sternen oder Mond nichts zu sehen war. Und trotzdem schaute er sich die Leute um ihn herum an. Er wippte dabei leicht mit seinen Füßen vom Ballen auf die Ferse und zurück, die Hände hinter seinem Rücken umfassend. Das machte er immer, wenn er seine innere Anspannung regulieren musste. Es war weniger auffällig im Erwachsenenalter, als das Aneinanderreiben des Daumens und Zeigefingers, so wie er es früher zu tun pflegte.

Abrupt kam sein umherschweifender Blick zum Stehen. Er sah in der Masse eine Mutter oder viel mehr das, was sie an der Hand hielt. Sofort erinnerte er sich an die Szene, in der der Junge alle ein- und aussteigenden Schuhe in der Straßenbahn zählte. Dieser helle Bube dort schien trotz der körperlichen Verbindung zu seiner Mutter ebenfalls in einer anderen Welt zu sein. Urplötzlich fiel Arthur auf, dass er in der heutigen Nacht dieselben Lederschuhe und sogar denselben Mantel trug, wie damals. Beides schenkte ihm früher sein Vater zum Studium der Rechtswissenschaften, damit er ein vernünftiges Auftreten vorweisen konnte, wenn er als Anwaltsanwärter tätig sei.

Lange betrachtete er den Jungen und ihre Blicke trafen sich. Da wusste Arthur plötzlich, dass er nicht einsam war. Er verspürte eine gewisse Erleichterung. Es gab auch andere, die nicht in diese Gesellschaft zu passen schienen.

Ingo K.

Der Himmel ist klar, es ist eine bitterkalte Vollmondnacht. Nun wird es nicht mehr lange dauern und die Menge zählt wieder rückwärts. Die letzten Besucher strömen noch aus den kleinen verwinkelten Seitengassen auf den Platz. Dann ist es kurz vor Mitternacht, und plötzlich beginnt die Menge zu zählen: 10,9,8,7,6,5,4,3,2,1!!!

Die Musik von Händel ertönt und das Feuerwerk erhellt den Platz. Der Vollmond ist nicht mehr zu sehen.

*

Ingo K. liegt noch wach und merkt am Knallen und Flackern von Lichtern draußen, das Silvester sein musste. Irgendwo weiter hinten gab es noch ein Feuerwerk mit irgend so einer Scheißmusik. Wenn man um Mitternacht schon pennen würde, kriegt man nicht mal mit, dass ein neues Jahr beginnt. Weihnachten gibt es wenigstens etwas Gutes zu futtern hier, sagen die meisten. Es gibt dann eine Extraportion, aber für den Jahreswechsel interessiert sich hier keine Sau. Er drehte sich auf die andere Seite, und versuchte einzuschlafen. Schweißgebadet schreckte er kurze Zeit später wieder auf. Ständig träumte er von diesen funkelnden Augen, diesem wildgewordenen Hahn, der auf ihn niederdrosch. Was für eine Scheiße! Dabei wollte er die Kohle noch nicht mal für sich behalten. Warum war er nur so dämlich und hatte der Alten den Rücken zugedreht, diesem humpelnden Weib.

Unterschätzt hat er sie, dabei hatte ihm der Kumpel seines Ziehvaters immer wieder eingebläut: „Unterschätze niemals alte Leute, wenn du ihnen das Geld klaust, hörst Du? Die haben nix zu verlieren!"

Ingo K. spürte innerlich, wie ein Daumen und ein Mittelfinger in seine beiden Wangen gedrückt wurden, bis es schmerzte. Ein Gefühl, was er wohl nie mehr loswerden würde. Ebenso musste er anfangen zu würgen bei dem Gedanken an diesen Gestank, der ihm entgegenwaberte, wenn Lothar S. ihm ins Gesicht spuckte, nachdem er ihn dreimal fragte, ob er das verstanden hätte!!!

Jetzt saß er wegen Doppelmordes und die Geschichte, warum beide dran glauben mussten, durfte er noch nicht mal erzählen. Eigentlich hatte er mit diesen bereits vier Leute auf dem Gewissen, aber das war jetzt ja egal. Er saß wegen zweifachen Mordes bei dem Überfall. Er hatte sich damals geschworen, dass er nie, für kein fucking Geld dieser Welt, in den Knast gehen würde. So ist das mit guten Vorsätzen, aber was er hätte er auch tun sollen?

Gleich bei der Inhaftierung sagte er, dass er lieber in den Bunker wolle, den Tipp bekam er damals von einem Kumpel seines Stiefvaters eingebläut, der zweimal wegen Drogen und Kinderpornographie saß. Zum Glück musste er in der U-Haft noch nicht arbeiten und auf den Ausgang schiss er zunächst auch, denn als Neuzugang war es in der ersten Zeit ein Spießrutenlauf. Seit dem 09.12 saß er jetzt und nichts tat sich ernsthaft, wahrscheinlich hatten die ganzen Wichser Urlaub und hockten mit ihren Scheißfamilien um Weihnachtsbäume mit Elektrokerzen herum. Der Einzige, der bereits versuchte was aus ihm rauszubekommen, war dieser völlig fertige Bulle. Der hatte garantiert keine Familie, so wie der aussah. Stank nach kaltem Alkohol der Typ. Und seine Kollegen, die Spießer, saßen heute in der Silvesternacht wahrscheinlich mit Hütchen auf dem Kopf und prosteten sich zu „Fröhliches neues…!“ Wie er das hasste, diese heile Welt. Es widerte ihn an. Schon als Kind. Weihnachten, Silvester, was war das? Feiern die Geburt von so einem Irren, der sich ans Kreuz nageln lässt. Wie dämlich. Das hatte er als Kind schon nicht verstanden. Andere Kinder freuten sich auf Weihnachten, er konnte das nicht.

*

Weihnachten wurde nur noch früher angefangen zu saufen, und je lustiger die Erwachsenen wurden, desto schlimmer wurde es für sie. Für Ingo K. und seine kleinen Geschwister. Flaschendrehen nannten sie es. Immer wenn die Flasche auf jemanden zeigte, musste man was ausziehen. Immer und immer stoppten diese Säcke die Flasche so, wie sie es wollten. Widerreden gab es nicht, heulen oder weglaufen wurde bestraft mit sofortigem Ausziehen und gefesselt werden.

Ingo K. wusste nicht, was schlimmer war. Derjenige zu sein, der das Spiel verlor und damit den Erwachsenen und ihren abartigen Spielen ausgesetzt zu sein, oder das Schreien und Weinen der kleineren Geschwister hören zu müssen. Es quälte Ingo K., weil er wusste, was sie ertragen mussten, aber selber diese Schmerzen am ganzen Körper spüren? Nein, das wollte er auch nicht mehr. Sie mussten raus, weg, aber wie? Ingo K. begann zu klauen, Essen, Trinken, Geld, damit er und seine Geschwister nach der Flucht in ihrem Versteck bleiben konnten, wenigstens für ein paar Tage. Sie versteckten sich in der alten Lagerhalle einer Druckerei. Jeder Tag, den sie nicht zu Hause waren, war ein guter Tag. Niemand durfte sie morgens auf der Straße sehen, manchmal gingen die Bullen rum und fischten Kinder raus, die nicht in der Schule waren und brachten sie zum Elternhaus zurück.

Das konnte er nicht riskieren und so verharrten sie oft in diesen miefigen, feuchten Räumen bis es etwas dunkler wurde. Die Alten zu Hause merkten manchmal gar nicht, dass die Gören zwei Tage weg waren. Sie waren dicht gedröhnt bis zur Bewusstlosigkeit.

*

Eines Tages wurde er von einem Ladendetektiv erwischt, als er UHU klaute. UHU war gut, wenn man Dinge ertragen musste. Sie taten es in eine Tüte und atmeten solange ein, bis alles im Nebel verschwand. Dann fühlten sie keine Schmerzen und keine Angst mehr vor diesen Scheißfreunden der Mutter oder dem Stiefvater.

Sein Erzeuger war beim Trip drauf gegangen, er hatte sich den goldenen Schuss gesetzt, als Ingo K. 5 Jahre alt war. Schon früh musste er betteln gehen, damit sein Vater genug Geld fürs Crack zusammen bekam. Wenn Ingo K. nicht genug Kohle nach Hause brachte, drohten sie damit, seine kleine Schwester an irgendwelche Männer zu verkaufen. Sie war doch noch so klein, er durfte das nicht zulassen. Kurze Zeit später kam das nächste Baby, diesmal ein Junge. Ingo K. musste immer mehr stehlen, damit er die Familie zumindest mit Essen versorgen konnte. Wie diese Arschgesichter an das Geld für ihre Drogen rankamen? Ingo K. wollte es lieber nicht wissen.

*

Der Typ damals mit dem UHU ließ ihn laufen. Er hatte wohl die Brandnarben an seinen Armen gesehen, als er den Pulli ausziehen musste, um zu zeigen, dass er nicht noch mehr geklaut hatte. Aber eines Tages, Ingo K. war mittlerweile 7 Jahre alt, wurde er wieder erwischt und diesmal wurden die Bullen gerufen. Er saß in diesem verfuckten Hinterzimmer fest, es gab kein Entkommen. Ok, er musste nachdenken, eine Geschichte erfinden, schnell. Diese Idioten durften ihn auf keinen Fall zu sich nach Hause bringen. Plötzlich hatte er eine mega geile Idee. Bisher hatte er mit diesem Ladenschnüffler noch kein Sterbenswörtchen gewechselt. Hammer, das musste einfach klappen.

*

Einige Wochen zuvor hockte er in der Stadt auf einer Bank und hielt Ausschau nach alten Leuten, denen er die Kohle abzocken könnte. Dabei entdeckte er am Eisladen gegenüber ein paar Vollbekloppte, die mit den Händen fuchtelten und sich wie Affen anhörten. Plötzlich wurde er von einer alten Oma angesprochen, die neben ihm saß.

„Na mein Junge, wunderst Du Dich über die Menschen da drüben? Die können nicht hören und unterhalten sich in der Gebärdensprache."

Ingo K. nickte stumm und sah auf den Boden. Dann fragte sie noch: „Möchtest Du auch ein Eis essen?"

Ingo nickte und schaute immer noch auf den Boden.

Da fühlte er, wie sie ihm ein Stück Geld in die Hand drückte und sagte: „Bitteschön, kauf Dir eins und lasse es Dir schmecken. Ich wünsche Dir noch einen sonnigen, schönen Tag, mein Junge."

Ingo K. schaute ihr nach und fühlte sich richtig scheiße. Solche Leute raubte er fast täglich aus. Dieses Geld gab Ingo K. nicht für ein Eis aus, sondern er lief nach Hause und heulte.

*

Der Trick klappte. Ingo K. spielte gehörlos und ahmte diese abartigen Laute nach, die er neulich gehört hatte und fuchtelte auch mit den Händen. Sie ließen von dem vermeintlich gehörlosen Jungen ab und ließen ihn laufen. Boah, das war knapp, Ingo K. musste vorsichtiger werden. Er dachte an die Oma, die neulich neben ihm saß und hielt seitdem Ausschau. Die würde er nicht beklauen.

*

Hermine W. tat es immer wieder leid, wenn sie einsame, traurige Kinder auf der Straße rumlungern sah. Der Junge, der neben ihr saß, bemerkte nicht, dass sie ihn beobachtete. Er sah verträumt aus, traurig, einsam, angespannt und neugierig. Seltsames Kind, dachte Hermine W. Er wirkte aufmerksam, wie ein bewachendes Erdmännchen, aber auch so erschöpft und müde, nahezu in Trance. Sie folgte seinem Blick, er sah zur Eisdiele rüber. Dort unterhielten sich gehörlose Menschen. Sie hatte die auf der Hinfahrt bereits im Zug beobachtet, wie die Hände durch die Luft flogen, wie sie lachten und überhaupt nicht stumm wirkten. Sie strahlten eine Lebensfreude aus, die ihr manchmal bei hörenden Menschen fehlte. Der Junge wirkte irritiert und Hermine W. ergriff das Wort. Sie schenkte ihm 2 DM für ein Eis und ging davon. Sie würde ihn irgendwann wiedertreffen.

*

Ingo K. kam von einem Diebesstreifzug zurück in die Wohnung. Es war komisch still. Seine Eltern saßen völlig zugedröhnt in der Küche und reagierten null. Ingo K. ging weiter bis zum Wohnzimmer und musste sehen, wie seine kleine Schwester von diesem widerlichen, stinkenden, fettleibigen Mann Lothar S. vergewaltigt wurde. Sie lag gefesselt auf dem Wohnzimmertisch und war bereits bewusstlos. Der kleinere Bruder stand tränenüberströmt mit einer Kamera daneben und musste alles filmen. Ingo K. lief in die Küche und holte sich das längste Messer, das er finden konnte und stach auf dieses Schwein ein. Er stach von hinten mit voller Kraft zu, völlig von Sinnen, immer und immer wieder. Ingo K. schrie ihn an, dass er sich verpissen solle, dass er sich nie wieder hier blicken lassen solle und stach weiter auf ihn ein. Er rammte ihm von hinten das Messer in die Eier und wollte dieser Sau eigentlich den Schwanz abschneiden, damit er nie wieder jemandem weh tun konnte. Das Messer brach ab, er hatte wohl zwischen all dem Fett einen Knochen getroffen. Ingo K. biss ihm ein Stück Fleisch aus dem Arsch und schlug mit den Fäusten auf diesen Mann ein. Dieses stinkende Etwas jaulte auf und versuchte zu entkommen. Doch immer wieder schlug Ingo K. zu, bis er plötzlich selbst zusammenbrach. Wie hatte er seine Geschwister nur alleine lassen können, er schluchzte und heulte. Irgendwann rief er einen Krankenwagen. Als die Rettungskräfte kamen, standen noch andere Männer mit vor der Tür. Sie faselten was davon, dass es ihnen jetzt gut gehen würde und dass sie keine Angst mehr haben müssten. Ingo K. verstand nichts. Seine Schwester wurde ins Krankhaus gebracht und er selber kam zu unbekannten Leuten. Wo sein Bruder steckte, wusste er nicht.

*

Ingo K. kam in eine Kurzzeitpflegefamilie. Ständig kamen irgendwelche Leute und fragten, was passiert war. Ingo K. schwieg und sagte nichts. Den Wichser hatte er so schwer verletzt, dass er im Krankenhaus ums Überleben kämpfte. Drei Wochen später war er tot. Das hatte Ingo K. beim Einkaufen auf einer Zeitungsseite gesehen. Diese widerliche Fresse würde er nie vergessen.

Die Pflegeeltern gaben nach 5 Wochen auf, sie wollten ihn nicht mehr haben. Er redete mit niemandem ein Wort, er trat die Katze, er biss, er verweigerte den Schulbesuch, er schlug um sich, er haute ab und zerstach Autoreifen und er suchte seine Geschwister. Warum sagte ihm niemand, wo sie waren? Wie ging es seiner Schwester, war sie gesund? Ingo K. hatte das Telefonat zwischen den Pflegeeltern und dem Jugendamt belauscht, in dem sie sagten, dass dieser Junge nicht tragbar sei und schnellstmöglich wegmüsste. Ingo K. ging einfach zur Haustür raus und kam nicht mehr zurück. Er machte sich unsichtbar und lebte auf der Straße.

Er konnte sich um sich selber kümmern, er braucht keine anderen Scheißeltern oder irgendwelche Pädagogen, die ihn vollquatschen.

Ingo K. suchte die Stadt ab, die war leider verdammt groß. Immer, wenn er einen Kindergarten sah, versuchte er, durch Fenster oder durch Zäune zu gucken, aber nirgends eine Spur. Traurig und erschöpft setze er sich zufällig wieder auf diese eine Bank in der Stadt. Ihm fiel die Oma wieder ein und nun wünschte er sich, dass er die alte Frau wiedersehen würde. Aber sie kam nicht.

Eine Woche lang setzte Ingo K. sich immer wieder auf diese Bank, stahl zwischendurch Essen und wartete und hielt Ausschau. Trinken konnte er auf dem öffentlichen Klo unten bei dem Busbahnhof.

*

Eines Tages, Ingo K. war nun schon 9 Jahre alt, glaubte er zumindest, saß sie da und guckte in der Gegend rum. Ihre Blicke trafen sich. Ingo K. schaute schnell wieder zu Boden. Er kannte es nicht und konnte es nicht aushalten, dass ihn jemand so liebevoll und freundlich ansah. Schweigend setzte er sich zu ihr auf die Bank.

„Hatte Dir das Eis geschmeckt?“

Kacke, jetzt musste er lügen. Er hatte damals das Geld ja gar nicht für Eis ausgegeben. Ingo K. nickte stumm und sah weiter auf den Boden.

„Wir haben uns lange nicht gesehen. Du bist groß geworden und hast so schöne lange Haare bekommen, sogar Locken."

„Ich hasse diese Locken!"

Ingo K. erschrak über seine eigene Stimme. Puh, wann hatte er das letzte Mal gesprochen?

„Ich war letzten Sommer leider sehr wenig hier in der Stadt spazieren, ich durfte mich um ein Mädchen kümmern, weißt Du? Ich habe aber jeden Tag an Dich gedacht und mich gefragt, welche Sorte Eis Du Dir wohl ausgesucht hattest. Ich tippe auf Erdbeere."

Jetzt musste er schon wieder schwindeln.

„Nein, Schoko."

„Ich habe gleich noch eine Verabredung zum Musikhören mit einem Mädchen. Ich komme übermorgen wieder. Ich wünsche Dir noch einen schönen Tag, mein Junge."

Warum sagte sie immer „mein Junge“? Er gehörte doch niemandem außer sich selbst. Scheiß drauf, ist ja irgendwie auch egal. Ingo K. ging auf dem Rückweg zur alten Druckerei bei dem Imbiss vorbei. In der Tonne hinter dem Wagen lagen obenauf oft noch Pommes oder manchmal sogar ein halber Burger. Was die Leute wegschmissen, war unglaublich. Er musste wieder an seine Geschwister denken. Scheiße, er vermisste sie. Schlafen konnte er nur, wenn er vorher wieder Klebstoff schnüffelte, dann versank wieder alles im Nebel.

*

„Ich möchte zu einem Frisör gehen, kommst du mit, mein Junge? Du könnest Dir eine andere Frisur schneiden lassen, eine die Dir gefällt. Ich lade Dich ein.“

Ingo K. und Hermine W. gingen gemeinsam zu einem kleinen Laden, der in einer Nebenstraße gelegen war. Auf der gegenüberliegenden Seite befand sich ein kleiner Schmuckladen.

„Frau Wachtel, gnädige Frau“, rief ein Mann herüber „Sind Sie noch zufrieden mit ihrer Uhr?“

„Ja Herr Nussbaum, danke der Nachfrage, es ist alles zu meiner höchsten Zufriedenheit!“

Ingo K. und die ältere Frau, er nannte sie jetzt einfach seine Oma, gingen in das Frisörgeschäft hinein und wurden nett begrüßt. Das kannte er so gar nicht. Er durfte sich auf einen Stuhl setzen, den man mit so einem Pedal nach oben pumpen konnte. Geiles Teil, dachte er, wie funktioniert das wohl? Egal. Man fragte ihn, ob er etwas trinken wollte. Ingo K. nickte stumm. Auf die Frage, was er gerne trinken wolle, zuckte er nur mit den Schultern. Er bekam einen Apfelsaft und Hefte mit hunderten von Jungsfrisuren. Das war der erste Frisörbesuch seines Lebens, sein Herz klopfte richtig und es kribbelte in seinem Bauch. Stumm zeigte er auf eine Buchseite. Er nickte nur, als er gefragt wurde, ob er sich diese Frisur ausgesucht hätte. Seine langen Haare wurden gewaschen, das Gefühl des warmen Wassers und der zarten Kopfmassage ließen ihn in ein wohliges Gefühl wegsacken. Das kannte Ingo K. nicht und würde es auch so schnell nicht wieder erleben.

Hermine beobachtete den Jungen stillschweigend. Armer Junge, dachte sie, er musste seine Familie sehr vermissen. Er wirkte so einsam. Nach diesem gemeinsamen Frisörbesuch verabschiedeten sie sich und gingen ihrer Wege.

*

Ingo K. fühlte sich wie ein neuer Mensch, stark und frisch und gesehen. Er hatte das Gefühl, dass ihn jeder anglotzte und alle sehen konnten, dass er gerade vom Frisör kam. Da kamen ihm drei Jugendliche entgegen, sie lachten. Ingo K. fühlte sich verarscht, die lachten ihn aus, diese blöden Penner. Was bildeten sich diese Arschgeigen eigentlich ein? Er trat dem einen mit voller Wucht zwischen die Beine und brüllte die drei Jungs an. Sie sollen sich verpissen und aufhören ihn so dämlich anzugaffen. Zack, ein Faustschlag mitten in die Fresse. Ingo K. blutete aus dem Mund. Was dachten diese Wichser sich dabei? Er rannte gebückt mit dem Kopf voran in den größten der drei Halbwüchsigen rein. Dieser ging zu Boden und Ingo K. schlug auf ihn ein, immer und immer wieder. Ingo K. war außer sich vor Wut. Plötzlich spürte er einen Griff im Nacken. Jemand hob ihn einfach hoch. Es war ein Bulle. Fuck, fuck, fuck dachte er. Der Typ drückte ihn auf den Boden und verschränkte ihm die Arme auf dem Rücken. Das Knie ließ ihm den Atem stocken, Ingo K. bekam keine Luft mehr und wurde bewusstlos.

Als er wieder aufwachte, lag er im Krankenhaus. Eine Schwester fragte nach seinen Eltern, er müsse dringend operiert werden, weil einer seiner Lungenflügel eingefallen war. Ingo K. verstand nur Bahnhof. Was quasselt die da von einem Lungenflügel, was war das überhaupt? Er spielte wieder die Nummer mit den Händen zu fuchteln und zu schweigen und mimte den Gehörlosen. In ihrer Not informierten die Ärzte das Jugendamt. Sein Vormund kam. Was für ein bekloppte Wort: Vormund. Man hatte nur einen Mund, wie sollte da noch einer vor sein? Wahrscheinlich, weil jemand einem vorwegquasselte und es einen Scheiß interessierte, ob man das wollte oder nicht. Es interessierte nur, was aus dem Mund des Vormunds kam, aber nicht was ihm wichtig war. Er musste operiert werden. Nach der Operation fragte ihn eine Krankenschwester, ob er Besuch bekommen wollte von einer Frau, die mit Kindern im Krankenhaus singt. Diese Frage schrieb sie auf einen Block, ausgehend von der Tatsache, dass der Junge gehörlos sei. Ingo K. reagierte sauer. Er warf den Block samt Stift an die Wand und fuchtelte mit den Händen, gab abartige Geräusche von sich und zeigte auf seine Ohren. Was für Vollpfosten! Die Schwester entschuldigte sich tausendmal. Mann, wie doof war sie eigentlich? Klar der Junge konnte doch gar nicht hören und sie schrieb ihm das auch noch auf. Neulich war sie bereits in so ein Fettnäpfchen getrampelt, als sie zu dem blinden Herrn auf Wiedersehen sagte. Sie wäre am liebsten im Boden versunken.

*

Ingo K. wurde entlassen und kam in ein Heim für schwererziehbare Jugendliche. Das war die Hölle da. Jeder meinte, über ihn bestimmen zu können und er sollte jeden Tag in die Schule gehen. Warum? Er konnte lesen und schreiben und wo er was zu fressen fand, wusste er auch. Regelmäßig zerlegte er das Zimmer, in dem er mit zwei anderen Kindern schlafen sollte. Wenn er zu sehr durchdrehte, kam ein Arzt, er wurde festgehalten und dann gab es eine Spritze zur Beruhigung. Ingo K. galt schnell als unbeschulbar. Er hatte seinem Schulbegleiter ins Gesicht gerotzt, ihn als Penner, Arschloch und Wichser beschimpft und ihm seinen angespitzten Bleistift ins Bein gerammt. Der konnte froh sein, dass er ihm das Teil nicht ins Auge gesteckt hatte. Ingo K. verstand nicht, was die Leute von ihm eigentlich wollten. Früher hatte sich keine Sau für ihn und seine Geschwister interessiert, sie waren ihre eigenen Herren. Warum gab es Schule, warum musste er was lernen, wofür diese ganze Scheiße? Er wollte zu seiner Schwester und seinem Bruder zurück, der Rest interessierte ihn nicht.

Dieses Gelaber immer: „Oh Ingo, ich kenne einen gaaanz tollen Trick, wenn du so richtig wütend bist. Das merkst du ja und dann haust du dir am besten auf deinen eigenen Oberschenkel ok? Dann kannst du deine Wut fühlen. Ja, die muss raus aus deinem

Bauch, du darfst aber keine anderen verletzten. Wollen wir das zusammen mal versuchen?“

Ingo K. könnte kotzen, was verstand diese blöde Scheißkuh davon, was er fühlte oder was er brauchte und was er durfte oder nicht. Kurz überlegte er, ob er ihr das Knie in die Fresse hauen sollte. Das Ergebnis wäre allerdings wieder nur eine Spritze und Arrest gewesen. Nein, Ingo K. musste überlegen. Er schmiedete einen Plan.

*

Er begann, die Schule zu besuchen und er machte das, was die Idioten von ihm verlangten. Er wusch ab, half beim Einkaufen und machte ohne zu murren seine Küchen- und Gartendienste. Ingo K. hielt sich aus Schlägereien raus und versuchte, sich für andere Jugendliche unsichtbar zu machen. Je weniger sie ihn bemerkten, desto eher konnte er Stress umgehen. Ingo K. verfolgte nur ein Ziel: Er wollte hier raus und er musste seine Geschwister finden. Wie sie wohl heute aussahen? Ob seine Oma noch lebte? All diese Gedanken gingen ihm durch den Kopf.

Ingo K. durfte eines Tages alleine in die Stadt gehen. Sein erster Weg führte ihn zu dieser Bank, wo ihn vor längerer Zeit eine alte Oma angesprochen hatte. Sie war leer. Ingo K. hätte heulen können. Was war, wenn sie schon gestorben war und er sie nie wiedersehen würde? Er schaute auf den leeren Platz neben sich und entdeckte etwas Eingeritztes. Eine Nummer und „Deine Oma“. Sein Herz raste, vielleicht war diese Nachricht für ihn? Er musste es versuchen. Ingo K. suchte eine Telefonzelle und wählte die Nummer. Nach dreimaligem Klingeln wurde der Hörer abgenommen.

„Hallo? Wer spricht da?“

Ingo K. stockte, was sollte er sagen, es war nicht seine Oma. Aber wer war das?

Ingo K. nahm seinen Mut zusammen und sprach leise: „Ich suche meine Oma, ich habe die Nachricht auf der Bank gefunden.“

„Wer ist denn Ihre Oma, wenn ich fragen darf?“

Ingo K. wusste doch ihren Namen gar nicht oder doch?? Wie hatte der Mann aus dem Schmuckladen sie noch genannt? Dieser beim Frisörladen, Frau Wachtel, jaaaa, er hatte es.

„Ich suche Frau Wachtel, meine Oma heißt Wachtel.“

„Wie gut, dass Sie anrufen, sie wurde letzte Woche in ein Pflegeheim verlegt, ich bin eine Nachbarin. Sie befindet sich im Kurpflegeheim Grüne Weide. Kennen Sie das?“

Ingo K. bejahte, obwohl er keine Ahnung hatte, aber das ließe sich alles herausfinden. Er raste zurück zu seiner Einrichtung, damit er nicht gleich beim ersten Mal zu spät kommen würde.

*

Da saß sie auf einer Bank im Park. Wo das Pflegeheim war, hatte er im Telefonbuch nachgesehen. Ingo K. setzte sich neben sie und sprach sie an.

„Vielen Dank für deine Nachricht Oma, ich habe sie auf der Bank gefunden.“

„Ach wie gut“, seufzte sie,“ich wusste, dass Du eines Tages kommen würdest. Ich habe Dich lange nicht gesehen, mein Junge. Es schien, als habe der Erdboden Dich verschluckt.“

„Ich lebe nun auch in einem Heim, aber das ist ein Heim für Kinder und Jugendliche und ich durfte sehr lange nicht rausgehen. Darfst du hier rausgehen?“

„Ja, aber nur wenn mich jemand begleitet. Ich kann nämlich leider nicht mehr so gut sehen. Ich hätte beinahe meine Wohnung abbrennen lassen. Eigentlich wollte ich nur eine Kerze anzünden, weil ich den Geruch so sehr mag. Es erinnert mich immer an Weihnachten mit meinen Eltern.“

Bei diesem Wort zuckte Ingo K. kurz zusammen. Weihnachten war die schlimmste Zeit für ihn und barg die schrecklichsten Erinnerungen.

„Nun ja, jetzt sitze ich hier, weil man der Meinung ist, dass es zu gefährlich für mich und meine Nachbarn im Haus ist, wenn ich alleine lebe. Mal sehen, wie lange ich mir das Domizil hier überhaupt leisten kann.“

„Ich werde bald arbeiten gehen Oma, auf dem Bau, da kann man ne Menge Kohle scheffeln. Ich gebe dir was ab, dann kannst du bleiben, Oma.“

Ingo K. kam so oft es ging und besuchte seine Oma. War ja irgendwie auch scheiß egal, ob das jetzt seine echte ist oder nicht. Er erzählte ihr, warum und wie er in diesem Heim gelandet war, dass er seine Geschwister suche und sie nicht finden könne. Ingo K. ließ ein paar Sachen weg, er hatte Angst, dass sie ihn sonst verabscheuen würde. Er konnte einfach nicht sagen, dass die Drecksau damals gestorben war. Er erzählte nur, dass er ihm ein Stück Fleisch aus dem Arsch gebissen hatte und der dann abgehauen ist. Hermine lauschte und ließ den mittlerweile schon fast jungen Mann einfach reden und erzählen. Sie unterbrach niemals und kommentierte auch nichts.

*

Ingo K. begann eine Lehre als Zimmermann, die er kurze Zeit später wieder abbrechen musste. Er konnte nicht auf Wanderschaft gehen, wie sollte er dann seine Oma besuchen. Er schlug sich mit irgendwelchen Malocherjobs auf dem Bau herum und kam zurecht. Er durfte in eine betreute eigene Wohnung wechseln und ging seinen Weg.

Eines Tages kam die Leitung vom Pflegeheim auf ihn zu, man müsse mal mit ihm unter vier Augen sprechen. Es ginge um seine Oma Hermine Wachtel. Kurz rutschte ihm das Herz in die Hose, sie war nicht mehr die Jüngste und er dachte, sie sei gestorben. Zum Glück nicht. Es ging nur um die Kosten. Ihre Ersparnisse waren aufgebraucht und sie könne dort nicht länger bleiben, wenn ihre Familie nicht dafür aufkäme. Sie befände sich bereits mit 5.000 DM im Minus und das ginge so nicht weiter.

Scheiße, was sollte er tun? Er war doch ihre Familie jetzt und wenn er sich schon nicht um seine Geschwister kümmern konnte, weil er sie damals im Stich gelassen hatte, dann musste er es jetzt wenigstens für Hermine tun. Er sprach mit seinem Chef auf dem Bau. Der konnte ihm aber nur einen einzigen Monatslohn im Voraus geben. So eine verfluchte Scheiße, das waren ja gerade mal 1.600 DM. Dann muss ich eben wieder klauen gehen, aber diesmal richtig. Ingo K. ging zu den alten Treffpunkten von früher und schaute, ob er irgendeinen alten Bekannten treffen konnte. Alleine konnte er so eine Nummer nicht durchziehen und es musste weiter weg sein. Wenn das hier in der Nähe passierte, und kurze Zeit später ein Barbetrag beim Pflegeheim abgegeben oder eingezahlt würde, dann, scheiße, ne, das wäre zu heikel. Er musste sich eh was einfallen lassen, warum er Bargeld abgeben würde.

Norddeutschland. Der Norden war gut, das ist weit genug weg. Irgendeine scheiß Spelunke, eine Spielhalle oder so. Ingo K. ging die alten Orte ab, aber er traf nicht eine bekannte Fresse von damals. Er checkte weiter ab. Da lungerte ein junger Typ rum, ungefähr sein Alter, durchtrainiert, aber definitiv ein Drogenproblem. So ein Typ brauchte immer Kohle, das war sein Mann.

„Bock´n Ding zu drehen? Ich brauch Kohle und zwar schnell.“

„Sischer!“, war die Antwort.

Es war früh morgens 4.30 Uhr in Flensburg und es wurde bereits hell. Gleich würde die Spielhalle am Schottweg zu machen, die schloss immer von 5-6.30 Uhr. Sie mussten schnell handeln. Ingo K. und Sven P. gingen rein, es waren zwei Spieler da und eine Frau hinterm Tresen. Die war schon fast am Pennen.

Ingo K. ging zielstrebig auf sie zu, streckte ihr 50 DM hin und sagte: “Einmal wechseln, alles.“

Sie drehte sich mit dem Rücken zu ihm, ging zur Kasse und hielt ein Pieper dran, der die Kasse aufspringen ließ. In diesem Moment stand Ingo K. hinter ihr und drückte ihr eine Spielzeugpistole in die Rippen.

„Geld her und zwar alles, auch aus dem Wechsler. Wenn du irgendwelche Zicken machst, bist du dran, also Fresse halten.“

Sven P. sollte sich um die Spieler kümmern und denen das Geld abknöpfen. Bisher lief alles nach Plan. Ingo K. steckte alles ein, gab Sven P. ein Zeichen, dass er die komplette Kohle hatte und sie sich verpissen würden. Plötzlich fiel ein Schuss und einer der Spieler sank zu Boden. Ingo K. und Sven P. rannten wie die Bekloppten nach draußen und versteckten sich erstmal in einem gegenüberliegen Hochhaus, das brach lag und abgerissen werden sollte. Was war passiert? Woher hatte dieser Idiot eine echte Waffe?

„Ej man, der Typ hat mich so scheiße angeguckt, keine verfuckte Sau auf dieser beschissenen Welt, darf mich so scheiße angucken. Da hab ich ihn halt abgeknallt. Wo ist das Problem, du Wichser?"

Ingo K. schüttelte nur mit dem Kopf, er musste nachdenken. Das war nicht geplant, er wollte nur Geld, er wollte nicht, dass jemand abgeballert wurde bei diesem Überfall. Was war das für ein Psycho?? Scheiße, scheiße, scheiße!!! Er musste ihn irgendwie loswerden. Flensburg lag an der Grenze zu Dänemark und an der Ostsee. In Grenzgebieten gab es immer irgendwo Drogen. Sven P. war bereits auf Entzug und brauchte schnell neuen Stoff. Am besten Crack, da war man innerhalb von Sekunden drauf und litt an Selbstüberschätzung und das war gut so. Der Rest würde sich dann finden.

*

Am Abend des 30. Juni wurde der Kripo Flensburg von den dänischen Kollegen aus Apenrade eine männliche Wasserleiche kurz vor den Ochseninseln gemeldet. Es wurde gefragt, ob es auf deutscher Seite eine Vermisstenanzeige gäbe. Es handle sich um einen Mitte/Ende 20- jährigen, durchtrainierten Mann ohne Ausweispapiere oder sonstige Gegenstände. Möglicherweise war es mal wieder so eine Art Mutprobe unter jungen Männern, die durch die Fahrrinne von Deutschland nach Dänemark schwimmen. Flensburg verneinte. Es hätte lediglich vor zwei Tagen in den frühen Morgenstunden diesen Überfall auf eine Spielhalle gegeben, die Beute lag, laut Angaben des Besitzers bei ca. 15.000 DM. Apenrade: Bei der Wasserleiche in Dänemark war allerdings nichts gefunden worden, was sachdienliche Hinweise für einen Zusammenhang geben könnte. Die Obduktion war noch nicht abgeschlossen.

*

„Selbstverständlich schweigen wir darüber, dass Ihre Oma ein Konto in der Schweiz hatte, machen Sie sich keine Sorgen. Wir gehen mit solchen Themen sehr diskret um. Nein, Sie müssen es nicht erst auf ein Konto einzahlen, wir nehmen auch Bargeld. Wir schweigen darüber wie ein Grab. Es freut uns sehr, dass wir Frau Wachtel auch weiterhin bei uns im Hause begleiten dürfen.“

„Ich habe einen großen Wunsch, mein Sohn. Du musst für mich ein Mädchen finden. Sie muss mittlerweile 25 Jahre alt sein. Sie hatte mir damals ihren Namen leider nicht verraten, sie sprach sehr wenig. Sie ist Musikerin geworden, sie spielt Violoncello beim Philharmonischen Sinfonieorchester in Mainz. Mein Sohn, wenn ich sterbe, dann möchte ich, dass sie alle meine klassischen Werke erhält. Niemand hat es mehr verdient, als dieses Mädchen."

Ingo K. versicherte seiner Oma, dass er diese junge Frau finden würde und sie sich auf ihn verlassen könne. Hermine starb dann kurz vor Weihnachten im Pflegeheim Grüne Weide. Sie schlief friedlich ein.

Jahnke

Der Himmel ist klar, es ist eine bitterkalte Vollmondnacht. Nun wird es nicht mehr lange dauern und die Menge zählt wieder rückwärts. Die letzten Besucher strömen noch aus den kleinen verwinkelten Seitengassen auf den Platz. Dann ist es kurz vor Mitternacht, und plötzlich beginnt die Menge zu zählen: 10,9,8,7,6,5,4,3,2,1!!!

Die Musik von Händel ertönt und das Feuerwerk erhellt den Platz. Der Vollmond ist nicht mehr zu sehen.

*

Jahnke liegt voll bekleidet auf seinem Bett und schläft tief und fest. Keine zehn Pferde würden diesen Mann jetzt wecken können, so sehr hatte er sich ins Delirium befördert. Er hatte es sich erlauben können, da morgen sein freier Tag war. Die Kollegen hatten Bereitschaft, er hatte dafür Weihnachten gearbeitet. Jahnke konnte sicher sein, dass sein Diensthandy still bleiben würde, und er hatte diese Situation ausgenutzt. Um 18 Uhr war Feierabend und er nahm sich auf dem Rückweg eine Portion Gyros von el Greco mit und besorgte sich eine gute Flasche schottischen Whiskys.

Das hatte er sich verdient und niemand würde mäkeln: „Trink doch nicht wieder so viel! Du hast doch gestern schon sechs Flaschen Bier getrunken. Die leeren Flaschen im Schrank, die Du versuchst vor mir zu verstecken, habe ich auch gefunden. Entweder die Flaschen oder ich und die Kinder, entscheide Dich!“

Jahnke hatte sich damals für das Richtige entschieden.

*

Seine Frau war seit den Kindern nicht mehr seine Frau. Sie war nur noch die Mutter ihrer Kinder und schnell begriff er, dass die Kinder ihr mehr wert waren als er. Irgendwann waren es gefühlt nicht mal mehr seine Kinder. Es waren ihre Kinder, die sie ständig dafür missbrauchte, ihm zu sagen, was für ein Versager und Scheißvater er sei.

„Oh schaut mal, da hat der Papa glatt deinen Geburtstag vergessen, Jonas“ oder „Du brauchst dein Zeugnis dem Papa nicht zu zeigen, der interessiert sich nicht für seine Familie. Seine Arbeit ist ihm wichtiger, das müssen wir akzeptieren, aber wir haben ja uns.“

Manchmal wusste er nicht, ob er heulen sollte

oder ob er ihr einfach mal richtig eins in die Fresse hauen müsste. Dabei hätte er bei seinem Job eine Frau an seiner Seite gebraucht, die ihm zuhörte, bei der er sich aussprechen konnte, mit der er seine Gedankenkriege teilen konnte, mit der er Eingebungen teilte, um abends besser abschalten zu können. Jetzt fühlte er sich eher wie der Samenspender seiner Frau, die immer unbedingt zwei Kinder von ihm haben wollte. Sogar die Namen wusste sie bereits drei Jahre bevor auch nur eines der beiden geboren wurde. Kaum war sie mit dem zweiten schwanger, wurde der Sex mehr oder weniger eingestellt. Entweder schlief sie mit den Kindern ein oder sie war der Meinung, er würde nach Bier riechen und das ekele sie an oder sie hatte ihre Regel oder oder oder. Wer war er eigentlich in dieser Familie? Welche Rolle spielte er? Selbst wenn er an gemeinsamen Ausflügen teilnahm, wurde ihm unmissverständlich unter die Nase gerieben, wie sehr er doch keine Ahnung von Kindern und ihrer Entwicklung habe.

„Du drehst das Karussell zu schnell, das kann doch der Gleichgewichtssinn in dem Alter noch nicht verarbeiten, gleich muss er spucken." „Die Strecke ist viel zu weit, dass schaffen die Kinder nicht mit dem Rad."

Auf jedes kleine Gemaule der Kinder wurde

sofort eingegangen, nichts, aber auch gar nichts traute sie ihren Kindern zu und ihm als Vater noch viel weniger. Sie formulierte sogar mal, dass es ja lebensgefährlich für ihre Kinder sei, mit ihrem Vater alleine einen Ausflug zu machen. So entschied Jahnke sich damals für das Richtige, für den Alkohol. Sie reichte die Scheidung ein und die Sache ging vor das Familiengericht.

Seine Kinder sah er alle 14 Tage, wenn nichts im Dienst dazwischenkam. Er musste allerdings die Auflage akzeptieren, seine Schwester als Begleitung dabei zu haben. Seine Exfrau ging davon aus, dass die Kinder einen alleinigen Kontakt mit ihrem Vater nicht überleben würden und wirkte vor Gericht überzeugend. Die frigide weibliche Familienrichterin forderte daraufhin, dass entweder seine oder ihre Schwester bei den Treffen zugegen sein müssen.

*

Mit seinen Kollegen konnte er darüber nicht sprechen. Das Betriebsklima in seinem Dezernat, dem Morddezernat, war von Neid und Missgunst geprägt. Jeder versuchte seine Schwächen und Probleme vor den anderen zu verbergen. Auch dienstliche Fragen besprach man besser nicht mit den eigenen Kollegen. Als er anlässlich seiner Beförderung vom

Kommissar zum Hauptkommissar eine kleine Feier machte, blieb die Hälfte des Dezernats weg. Sein Vorgesetzter hatte unbestimmte wichtige Termine, abgesehen davon hatte er eh keinen Hehl daraus gemacht, dass er ihn nur zur Beförderung vorgeschlagen hatte, damit die Hauptkommissarstelle besetzt war und nicht eingespart würde. Ein großer Teil kam ohne Begründung nicht und diejenigen, die gekommen waren, machten sich wortlos über die Brötchen und den Sekt her. Der dicke Lehmann - immer noch nur Kommissar, weil er wegen Alkohols im Dienst erwischt wurde – fraß still die letzten Brötchen und die Chips bis zum letzten Krümel auf. Zum Glück hatte man ihn selbst nie erwischt. Er wollte gar nicht wissen, wie oft er mit Restalkohol in seinem Job unterwegs war. Den Neid vom Lehmann konnte er noch am besten verstehen, er war dienstälter als er und hatte eigentlich eine relativ gute Erfolgsquote. Die paar anwesenden Frauen bemerkten, dass kein Höherrangiger da war, tranken ihre Gläser Höflichkeitssekt und verabschiedeten sich unter dem Vorwand familiärer Verpflichtungen. Selbst die kinderlosen Mädels oder die eine Geschiedene, deren Kind beim Vater aufwuchs, gingen. Jahnke fühlte sich schlechter als vorher, aber der Gedanke an die Flasche besonderen Whisky zuhause gab ihm Kraft. Er stellte noch zwei verborgene Flaschen Sekt für die Putzfrauen hin, die das hier sauber machen mussten, schrieb ihnen einen Zettel, damit sie wussten, dass es ein Geschenk für sie war, und wollte dann er nur noch nach Hause.

*

Irgendetwas an seinem jetzigen Fall war sonderbar. Es passte etwas nicht ins Bild, aber was? Aus dem Täter war nichts herauszubekommen. Kein Sterbenswörtchen hatte er bis jetzt geredet. Ständig fuchtelte er mit den Händen herum und zeigte auf seine Ohren, als sei er gehörlos. Eigentlich glaubte er ihm nicht, aber was war, wenn das stimmte? Jahnke hatte eine Idee. Der 16-jährige Sohn einer Bekannten war gehörlos, der würde sicher sofort erkennen, ob der Typ wirklich Gebärden benutzte oder denen etwas vorgaukelte. Gleich morgen würde er Anna anrufen und dann besuchen, um zu fragen, ob sie mit Ben mal ins Präsidium kommen könnte. Ben war ein feiner Kerl. Früher, als der Junge kleiner war, hatte er manchmal auf ihn aufgepasst, wenn Anna mal ausgehen wollte. Ihr Mann verließ sie damals, als klar war, dass sie ein behindertes Kind haben würden. Jahnke störte das nicht, dass der Junge nichts hörte und manchmal so merkwürdige Geräusche von sich gab, vor allem wenn er sich freute. Stumm war er in jedem Fall nicht. Viele Leute sagten immer noch taubstumm, statt gehörlos, wahrscheinlich weil sie es nicht besser wussten.

*

Anna und Ben kamen am 03. Januar gleich morgens ins Präsidium. Ben hatte noch Schulferien. Jahnke hatte die Idee, ihm das Filmmaterial der gescheiterten Zeugenvernehmungen zu zeigen. Man konnte leider nicht viel sehen, außer dass der Inhaftierte auf den Tisch starrte. Auf den Aufzeichnungen war zu erkennen, wie Jahnke ins Vernehmungszimmer kam, sich auf den Stuhl gegenübersetzte und begann, Fragen zu stellen. Er wollte das Motiv herausfinden, warum er schlussendlich doch beide erschossen hatte. Der Täter hätte mit der Beute einfach weglaufen können. Warum saß er da noch so lange im Hinterzimmer? Und warum knallte er den Herrn Nussbaum dann doch noch ab?

Aber Ingo K. schwieg, er schwieg wie ein Grab. Manchmal zeigte er auf seine Ohren und verneinte mit dem Kopf. Diese Bewegung kannte er von Ben, wenn dieser seiner Umwelt verständlich machen musste, dass er nicht hören konnte. Jahnke machte trotzdem irgendetwas stutzig an der Sache. Ingo K. war als Jugendlicher mehrfach wegen Körperverletzung aufgefallen, Diebstahl und Schulabstinenz waren noch das geringste Übel. Diese Hörschädigung tauchte bereits damals auf, obwohl irgendetwas merkwürdig war.

Ben sah sich die Videoaufzeichnungen an und gebärdete seiner Mutter, dass er schlecht sagen konnte, ob der gehörlos sei oder nicht. Er gebärdete ja immer nur, dass er nicht hören konnte und starrte dann wieder auf den Tisch. Jahnke überlegte, ob er einen Antrag stellen sollte, dass Ben mit in die U-Haft komme, um sich mit Ingo K. zu treffen. Möglichweise könnte er mit der Gebärdensprache etwas bewirken. Zunächst fragte er seine Mutter Anna, die damit einverstanden war.

Jetzt musste Jahnke nur noch seinen Chef davon überzeugen, diesen ungewöhnlichen Weg zu gehen. Gebärdendolmetscher waren nicht nur ziemlich teuer, sondern spontan auch schwer zu bekommen, und diese Kosten könnte man einsparen, wenn der Täter nur schauspielerte. Das Argument würde sicher bei seinem Dezernatsleiter für das nötige Verständnis sorgen. Angesichts der immerwährenden knappen Haushaltsmittel gäbe das höheren Orts bestimmt Pluspunkte für ihn, als Vorgesetzten.

Ben ging in Begleitung von Jahnke in den Besucherraum der U-Haft, während seine Mutter in einem Nebenraum wartete. Ingo K. saß bereits am Tisch und starrte auf den Boden. Ben setze sich ruhig ihm gegenüber hin und wartete einfach ab, bis Ingo K. kurz den Blick erhob. Freundlich fragte Ben in Gebärdensprache, ob er gehörlos sei.

Ingo K. erschrak und antwortete in Gebärdensprache: „Nein eigentlich nicht, aber ich muss schweigen. Bitte verrate mich nicht!“

„Der Polizist weiß aber, dass du nicht gehörlos bist, zumindest vermutet er das, deswegen bin ich hier“, entgegnete Ben.

„Bist du denn gehörlos?“, fragte Ingo K.

Ben lachte und sagte: „Ja, stocktaub.“

Daraufhin musste Ingo K. schmunzeln, weil er die Gebärde für stocktaub noch nicht kannte. Die war gut.

*

Jahnke staunte und war irritiert. Der Typ war echt gehörlos, das hätte er im Leben nicht erwartet. Also musste er doch die Gebärdensprachdolmetscher bestellen.

„Der Polizist ist ein Kumpel meiner Mutter, ich kann den nicht anlügen. Was machen wir jetzt?“

„Ich kann zwar hören, ja das stimmt, aber ich mag nicht sprechen. Das Gefühl im Hals ist schrecklich, wenn ich reden muss. Ich rede nur innerlich mit mir selbst und mit meiner Oma. Mit ihr hatte ich auch richtig gesprochen, bis sie vor einiger Zeit starb. Gehörlos zu spielen ist so erholsam, keine Sau interessiert sich für dich. Das mag ich."

Ben war erstaunt: „Echt? Ich finde das oft schade, wenn ich von den hörenden Leuten ignoriert werde oder sie schnell weggucken, wenn sich die Blicke treffen. Soll ich dann sagen, dass du hören kannst, aber eigentlich so gut wie stumm bist. Wärest du damit einverstanden?"

„Ja, damit bin ich einverstanden."

Jahnke saß daneben und fühlte sich völlig ausgeschlossen aus diesem Gespräch, aber die beiden schienen sich zu verstehen. Ben signalisierte ihm, dass sie zurück zu seiner Mutter gehen könnten. Jahnke war in der Lage essen, trinken und schlafen zu gebärden, aber zu mehr reichte es nicht. Ach doch Pinguin, das hatte Ben ihm mal gezeigt, als er noch jünger war. Ben erzählte, was er und Ingo K. abgesprochen hatten. Ingo K. konnte zwar hören, war aber stark sprechgehemmt. Möglicherweise könnten sie sich über die Schriftsprache verständigen. Jahnke könnte seine Fragen verbal stellen und antworten würde Ingo K. dann in der Schriftsprache. Gut, das müsste er ausprobieren. Den Abend nutzte Jahnke dazu, sich im Internet über die Gründe von Sprechhemmungen oder Sprachlosigkeit zu informieren. Was könnten Auslöser sein, was könnte so eine Blockade möglichweise lösen.

*

Am kommenden Wochenende durften seine Kinder zu ihm kommen. Seine Schwester hatte kinderfreies Wochenende, sie war ebenfalls geschieden und bot an, bei ihm zu übernachten. Unter solchen Umständen durften Lisa und Jonas bei ihrem Papa schlafen. Die Übergabe fand am Auto statt, seine Schwester musste mit Kleidung runter gehen, damit die Kinder sich dort umzogen. Seine Ex- Frau war der Meinung, dass die Kinder nie alle Klamotten wieder mit zurückbekommen würden und wenn, dann seien sie so schmutzig, dass man sie danach in die Tonne treten müsse. Arme Kinder. So besorgte er eigene Sachen für Lisa und Jonas und die durften sie so dreckig machen, wie es sich für Kinder ihres Alters gehörte. Jahnke freute sich auf die beiden, auch wenn er jedes Mal wieder einen kurzen Schauer von Übelkeit verspürte. Seine Tochter sah aus wie ihre Mutter. Sie war ihr regelrecht aus dem Gesicht geschnitten. Lange, blonde Haare, die an den Seiten am Kopf nach hinten geflochten wurden, um dann mit dem Rest in einem Pferdeschwanz zu enden. Dazu hatte sie Sommersposen auf der Nase und eine Augenfarbe, die man nicht klar definieren konnte. Jonas sah hingegen eher aus wie er. Man konnte sogar den Eindruck gewinnen, dass der Junge jetzt schon Geheimratsecken bekommen würde.

Gemeinsam mit seiner Schwester fuhren sie in den Taunus, in eine urige Blockhütte mitten im Wald. Diese hatten sie bereits häufiger gemietet, sie lag auf einer kleinen Lichtung. In der Nähe gab es eine Matschrutschbahn, die zu dieser Jahreszeit mit Schnee bedeckt war und in den nächsten zwei Tagen sicherlich in irgendeiner Form berodelt wurde. Sie kamen am späten Nachmittag an und räumten das Auto aus. Kurz darauf mussten sie schon mit der Taschenlampe das Feuerholz aus dem Schuppen holen. Die Hütte war zwar nach einer Modernisierung bereits mit einer Heizung und auch einem normalen Herd ausgestattet, aber sie liebten es elementar und versuchten so wenig wie möglich an Strom zu nutzen. Jahnke und Jonas holten Holz, und Lisa und ihre Tante packten die Lebensmittel aus und holten Schnee herein, um Wasser für heißen Tee zu kochen. Es war ein schöner erster Abend hier oben in der Natur, der Wald machte so viele Geräusche. Im Sommer waren es andere und vielfältigere Geräusche.

Seine Tochter sagte immer: "Papa, der Schnee im Winter frisst die Geräusche, was soll er denn sonst auch essen. Und der Sommer spuckt alle Geräusche wieder aus."

„Aber warum ist das so, Lisa? Warum spuckt der Sommer die wieder aus?"

„Ach Papa, die Geräusche sind doch mit dem Schnee zusammen in den Bauch der Natur gegangen, und wenn man zu viel Schnee futtert, dann wird einem schlecht. Das sagt Mama immer, wenn ich Schnee esse."

„Weißt Du, mein Kind, es gibt Dinge, die ihr Kinder vielleicht heimlich machen müsst. Ich habe früher kiloweise Schnee gegessen, und jetzt verrate ich dir ein Geheimnis. Ich habe nie gespuckt davon, aber meiner Mama habe ich das damals nie verraten. Wie schmeckt dir denn der Schnee, Lisa?"

„Hervorragend, er schmeckt wie, ein bisschen wie die Steine. Wenn ich im Sommer unten am Fluss an den Steinen lutsche, dann schmeckt das so ähnlich."

„Du lutscht an den Steinen? Warum machst du das?"

„Papa, aus dem Glas trinken kann ja jeder und die Tiere machen das auch, habe ich beobachtet."

Das musste Jahnke unbedingt im kommenden Sommer ausprobieren. Steine hatte er als Kind nicht gelutscht, komisch eigentlich. Er konnte sich viele Geschmäcker aus der Erinnerung wieder ins Gedächtnis rufen. Die Gerüche der Natur lösten immer wieder die schönsten Kindheitserinnerungen wach. Da war die Welt noch in Ordnung. Er saß gerne mit seiner Schwester abends auf der Veranda bei einem Glas Rot- oder Weißwein und sie schwelgten gemeinsam in der Vergangenheit. Diese Reisen waren eine Oase der Energie für Jahnke. Weniger zu trinken in Gegenwart seiner Kinder fiel ihm leicht. Der Tag war so positiv, so voller Lebensfreude, die Kinder rissen ihn mit in eine unbesorgte Welt, dass Jahnke vergaß, den Alkohol zum Abschalten zu brauchen. Er wollte nicht abschalten, er wollte weiter hier sein. Plötzlich musste er an Ben denken. Konnte er spüren, dass der Schnee die Welt leise machte? Gab es eine Bedeutung für Ben, was Geräusche waren? Schade, dass er die Gebärdensprache nicht konnte, sonst hätte er ihn direkt fragen können, ohne den Umweg über Anna gehen zu müssen.

Am Sonntagabend empfand er sich wieder als Versager, dass er seinen Kindern so eine Situation zumuten musste. Die Kleidung wieder bei Papa lassen, die von der Mama wieder anziehen. Es gehörten zwar immer zwei Elternteile dazu, aber trotzdem hatte er das Gefühl, Schuld an allem zu sein. Die

Kinder ließen sich nichts anmerken, der Abschied sowohl beim Kommen von Mama, als auch beim Gehen von Papa zogen beide kurz und schmerzlos durch. Wie viel mehr lebenspatent Kinder im Gegenzug zu Erwachsenen sind, dachte er und winkte ihnen dankbar zu.

*

6 Uhr morgens, es krähte laut „Kikeriki!!!“ Diesen Wecker hatte er mal von seiner Schwester geschenkt bekommen, weil er früher immer verpennt hatte. Der hörte sich nicht nur schrecklich an, sondern sah irgendwie auch furchteinflößend aus. Die Augen waren ein bisschen, wie bei der Mona Lisa. Sie verfolgten einen. Der Hahn tat allerdings einen guten Job, deswegen durfte er bleiben. Heute hatte Jahnke keinen Schädel, wie angenehm. Er ließ die Kaffeemaschine laufen und ging unter die Dusche. Er zehrte noch immer von dem Wochenende mit seinen Kindern und seiner Schwester. Auf dem Weg ins Büro dachte er nochmal an die Worte von Lisa und den Bauch der Natur und was sie bei den Tieren beobachtet hatte. Kinder beobachten und sie fanden Erklärungen, die so viel schöner waren. Erwachsene machten mit ihrem Verstand die Fantasie solcher Antworten kaputt. Warum waren die Menschen so bescheuert und gingen überall mit ihrem Verstand heran? Wir suchten und forschten

nach Zusammenhängen, und wenn es keine messbaren Beweise gab, dann waren das Spinnereien. Diese Gedanken und das Suchen nach Antworten machten ihn krank.

*

Er musste an damals denken. Jahnke hatte sich nach einer Kneipentour mit einem alten Kumpel alleine mit einer Flasche Whiskey an den Main gesetzt. Eine ältere Dame schlenderte vorbei und setze sich zu ihm auf die Bank. Jahnke überlegte aufzustehen und zu gehen, weil er eigentlich allein sein wollte. Er hatte eine Ehekrise und seine Frau hatte ihn vor die Wahl gestellt, sie und die Kinder oder er und der Alkohol. Er hatte eigentlich keine Wahl und zerfloss in Selbstmitleid, und nun setzte sich jemand neben ihn.

Er erinnerte sich daran, als wäre es heute. Er könnte sogar beschreiben, wie sie gerochen hatte. Sie fragte ihn damals: „Gnädiger Herr, glauben Sie an die Sterne?“

Merkwürdige Frage, dachte er, wollte sie ihn jetzt einfach nur vollquasseln, weil sie sonst niemanden hatte? `Egal, das ist eine einsame Alte und betagte Menschen haben Respekt verdient, du Idiot. Es kostet dich ein müdes Arschrunzeln, sich ein bisschen mit ihr zu unterhalten.‘

Und so antwortete Jahnke: „Sie sind immer da, egal wie es mir geht, gnädige Frau. Was glauben Sie?“

„Jeder einzelne Stern hat eine Mission dort oben, manchmal ruhen sie und manchmal wachen und beschützen sie. Einige strahlen hell und sind sofort zu sehen, andere sind klein und unscheinbar. Aber wissen Sie, gnädiger Herr, jeder ist gleich viel wert. Manchmal entscheiden Menschen den hellen, als den schönsten zu sehen und laufen ihm hinterher. Die Helligkeit ist so viel einfacher zu sehen, sie steht im Vordergrund. Das Dämmerlicht liegt im Verborgenen und trägt die Kostbarkeiten des Lebens in sich. Suchen Sie danach, auch wenn man Täler durschreiten muss, sie geben Kraft.“

„Wie meinen Sie das, gnädige Frau?“

„Sie werden es herausfinden. Ich wünsche Ihnen ein großartiges, abwechslungsreiches Leben.“

Mit diesen Worten verabschiedete sie sich und er sah sie nie wieder.

Vielleicht war es genau dieses, was die alte

Dame damals meinte. Er sollte vielmehr die Wochenenden mit seinen Kindern genießen, die kleinen Dinge des Alltags und dort die Kraft schöpfen, die sein anstrengender Beruf als Kriminalbeamter wieder verbrauchte. Die Sache mit dem Alkohol war sein Fluch und sein Segen. Es war so einfach, das Tal hinabzulaufen, die Beine liefen von selbst, es fühlte sich so leicht an. Am nächsten Tag merkte er erst, dass er mal wieder im Tal angekommen war und es Kraft und Nerven und Selbstvorwürfe kostete, wieder nach oben zu klettern.

*

„Kikeriki“ rief der Hahn, und ein neuer Arbeitstag begann. Unter der Dusche fiel es ihm wie Schuppen von den Augen. Die Aufnahmen vom Überfall, Ingo K. unterhielt sich mit dem alten Herrn Nussbaum die ganze Zeit. Das ihm das nicht gleich aufgefallen war. Was hatten die miteinander beredet? Wenn er das richtig in Erinnerung hatte, sah es von den Bildern gar nicht so feindselig aus, dass es den zweiten Mord erklären würde. Er musste sich die Aufzeichnungen sofort, wenn er im Büro war, ansehen.

Jahnke sah sich die Videos zum wiederholten Mal an. Die Kamera im Eingangsbereich zeigte Ingo K. beim Eintreten in den Laden, es wurden Worte gewechselt, Herr Nussbaum drehte sich nach einer Auflage um, nahm ein Tuch ab und dann zog Ingo K. einen Revolver. Es lief alles sehr ruhig ab. Man sah beide in den hinteren Bereich des Verkaufsraumes laufen und die nächste Einstellung zeigte Frau Nussbaum mit dem Rücken zur Kamera an einem Tisch stehend. Sie drehte sich um und ihr Blick zeigte blanke Wut. Sie ging entschlossen auf Ingo K. zu, zeigte auf den Tisch und machte ihm Platz. Als Ingo K. begann, die Beute einzupacken, schlug Frau Nussbaum mit einem Gehstock wild auf den Eindringling ein, immer und immer wieder. Dieser drehte sich um, ging schnell zu Boden und hielt schützend seine Hände über den Kopf. Plötzlich griff er den Revolver und Frau Nussbaum ging zu Boden. Sie blieb liegen. Danach war ungefähr eine Minute lang weder eine Bewegung von Ingo K., noch von Herrn Nussbaum zu sehen. Ingo K. schlug die Hände vor sein Gesicht und schüttelte seinen Kopf immer hin und her, als wenn er „Nein“ sagen würde. Herr Nussbaum ging langsam auf ihn zu und setze sich nieder und sagte vielleicht etwas, das konnte man nicht erkennen, weil er mit dem Rücken zur Kamera saß. Ingo K. sagte etwas und nahm wieder die Hände vor sein Gesicht und dann schien er zuzuhören. Danach redete Ingo K. sehr lange, irgendetwas schien er dem Nussbaum zu erzählen. Aber was? Herr Nussbaum stand auf, nahm ein Blatt Papier und schrieb etwas auf. Dieses Blatt tat er in einen Briefumschlag, schrieb, wie Jahnke heute wusste, den Namen seines Sohnes Arthur Nussbaum drauf, verschloss den Umschlag und übergab diesen an Ingo K. Danach begab sich Herr Nussbaum zu seiner bereits verstorbenen Frau und setzte sich neben sie. Plötzlich sackte er ebenfalls zu Boden und blieb liegen. Ingo K. drückte den Notknopf unter dem Tisch, auf dem die Tageseinnahmen gelegen hatten und setzte sich wieder hin. So wurde er von den eintreffenden Polizisten vorgefunden, übergab einem der Beamten den Umschlag und ließ sich widerstandslos festnehmen.

Was hatten die beiden Männer miteinander gesprochen und was war in dem Briefumschlag, auf dem der Name des Sohnes und „vertraulich" stand? Leider hatte die Kamera keinen Ton. Er würde Ingo K. die Aufnahmen vorspielen und ihn bitten, zu erzählen, was in dem Dialog zwischen ihnen beiden gesprochen wurde. Er würde Zettel und Stift mitnehmen, falls Ingo K. bereit wäre, etwas aufzuschreiben.

*

Ingo K. war aber nicht bereit, den Inhalt aufzuschreiben. Er schrieb lediglich, dass er es nicht erzählen könne und dass man ihn für einen Doppelmord verklagen sollte. Er hätte es nicht anders verdient. Eigentlich alles eindeutig und klar zu sehen auf den Aufnahmen.Es war ein Leichtes dem nachzugehen, aber irgendetwas ließ Jahnke keine Ruhe. Er hatte das Gefühl, dass Ingo K. nicht so skrupellos war. Der erste Schuss fiel aus einem Reflex, aus einer -man könnte fast sagen- Notwehrreaktion. Die Alte hätte den sicher totgedroschen mit ihrem Hahn, und der zweite Schuss fiel, ja warum fiel der? Das war jetzt das Geheimnis, welches es zu lüften galt. Jahnke dachte an Ben, ob er ihn nochmal bitten könnte, sich die Aufnahmen anzusehen? Ben konnte sicher von den Lippen lesen und ihm zumindest berichten, was Ingo K. erzählte.

Anna und Ben gingen erneut auf das Präsidium, diesmal am Nachmittag, da die Schule von Ben wieder begonnen hatte. Anna musste zunächst einmal klarstellen, dass man nicht von den Lippen ablesen konnte. Man las in einem Buch, aber nicht von den Lippen. Buchstaben wie B, P und M sehen zum Beispiel gleich aus und G und K sieht man überhaupt nicht. Genau genommen könne man nur 30 Prozent absehen, der Rest ist Kombination aus Zusammenhängen, wenn man das Thema kennt, um das es geht. Aber Ben wollte es versuchen, immerhin konnte er sich die Filme immer und immer wieder anschauen, und er zoomte sich den Mund ganz nah heran.

Die ersten Worte nach dem ersten Schuss waren einfach: “fuck, fuck, fuck!“ Danach hielt Ingo K. sich die Hände vor das Gesicht.

Dann verneinte er irgendetwas, ein Wort mit einem L. Das L konnte man meistens an der Zungenlage ganz gut erkennen. Ben schrieb auf: -Ich wollte das nicht-. Weiter ging es mit Händen vor dem Gesicht, und dann wurde es schwierig, weil Ingo K. immer mal wieder die Hand vor seinem Mund hielt. Er erzählte etwas von seiner Schwester und von Mama und Papa, wahrscheinlich waren damit seine Eltern gemeint. Nach 1,5 Stunden musste Ben abbrechen, er hatte schon müde Augen vom Starren.

Jahnke suchte in der Akte von Ingo K., welcher Mitarbeiter vom Jugendamt damals zuständig gewesen war. Vielleicht fand er dort einen Zusammenhang. Ingo K. hatte die klassische Karriere eines Heimkindes, zumindest stellte man sich das so vor. Der Vormund damals hieß blöderweise Müller. Nach zahlreichen Telefonaten mit Kollegen aus dem Jugendamt fand er eine ehemalige Kollegin, die noch 2 Jahre bis zur Rente hatte und sich an den Fall von damals erinnern konnte, den der Herr Müller als Vormund betreut hatte. Es musste schlimm für die Kinder gewesen sein, sie wurden mehrfach vergewaltigt, mussten anschaffen gehen für die Drogen ihrer Eltern. Der leibliche Vater von Ingo K. war an einer Überdosis gestorben. Das Leben musste die Hölle gewesen sein. Ingo K. rief als 7- jähriger einen Rettungswagen und erklärte am Telefon, dass seine Schwester vielleicht tot sei, aber auf jeden Fall würde sie schlafen und dass ein Wichser ihr sehr wehgetan hätte. Daraufhin wurde neben den Rettungskräften und der Polizei gleichzeitig das Jugendamt mitgeschickt. Die um ein Jahr jüngere Schwester wurde sofort in ein Krankenhaus eingeliefert und Ingo K. und der drei Jahre jüngere Bruder wurden in getrennte Pflegefamilien untergebracht.

Ingo K. hatte den Mann, der sich an seiner Schwester vergangen hatte, so schwer verletzt, dass dieser 3 Wochen später seinen Verletzungen im Krankenhaus erlag. Ingo K. wurde durch verschiedene Familien und Einrichtungen gereicht, niemand hielt es lange mit diesem Jungen aus, zwischenzeitlich muss er auf der Straße gelebt haben. Überall stand in den Jugendhilfeberichten, dass aus dem Jungen nichts rauszubekommen sei und möglicherweise eine Hörschädigung vorläge. Arztberichte gab es nicht.

Jahnke verstand langsam, was für eine Sozialisation dieser junge Mann durchlaufen hatte, dafür musste er kein Psychologe sein. `Wir haben versagt, wir, die Gesellschaft. Wir haben es nicht geschafft, ihn zu beschützen und er als Ältester wollte nur sich und seine Geschwister durchbringen.` Jahnke dachte darüber nach, was aus diesem Menschen wohl geworden wäre, wenn er in einer wohlbehüteten Umgebung groß geworden wäre.

*

Am nächsten Nachmittag sah sich Ben wieder die Aufnahmen an. Nach zwei Stunden übergab er Jahnke einen Zettel mit Notizen.

„Meine Schwester ist krank, Mama und Papa verkaufen, ich dachte sie ist tot, essen klauen, kleiner Bruder weinen, nein das kann ich nicht, warum soll ich? Können Sie das nicht? Ok ich schweige, ja ich gebe den Brief deinem Sohn, versprochen."

Ok, also musste es doch irgendetwas mit diesem Brief auf sich haben, den Ingo K. den Beamten übergab. Ohne richterlichen Beschluss durfte so ein vertraulicher Brief nicht geöffnet werden. Er rief bei Arthur Nussbaum bzw. in der Wohnung des Ehepaar Nussbaum an, dort war der Sohn zunächst untergekommen. Er ließ lange klingeln, sehr lange, niemand hob den Hörer ab. Arthur Nussbaum hatte darum gebeten, wenn man ihn denn telefonisch kontaktiere, möge man zweimal klingeln lassen, wieder auflegen und erneut läuten lassen, dann würde er an den Apparat gehen. Sonderbarer Mann. Jahnke ließ zweimal klingeln und wählte nach kurzer Pause nochmals die Nummer, und Arthur ging ran. Nein, eigentlich würde er den Brief gerne für sich behalten, dieser sei sehr persönlich und würde zum Vorfall keine sachdienlichen Hinweise geben. Ohne eine richterliche Anordnung würde er ihn nicht aushändigen und müsse sich sogar zum Schutze der Privatsphäre seiner Eltern überlegen, diesen dann zu vernichten.

Jahnke versuchte ungeachtet dessen an einen richterlichen Beschluss heranzukommen, weil er den Gedanken nicht loswurde, dass der Inhalt des Umschlags zur Entlastung von Ingo K. beitragen könnte. Der zuständige Richter signalisierte, dass er einen solchen Antrag ablehnen werde, es gäbe einen Täter, der gefasst sei und die beiden Morde gestand. Punkt.

In seinem Abschlussbericht formulierte Jahnke dennoch seine Gedanken und den Werdegang von Ingo K., auch wenn der zuständige Richter Spekulationen dieser Art verabscheute. Vielleicht schrieb Jahnke es auch rein, um sich sein eigenes Gewissen zu erleichtern, immerhin empfand er bei der Vita dieses jungen Mannes eine Mitschuld der Gesellschaft.

Ingo K. erhielt 10 Jahre. Strafmildernd wurde anerkannt, dass er nicht geflohen war und einen Brief übergeben hatte, anscheinend auf Wunsch des älteren Herrn. Ingo K. schwieg bei der Urteilsverkündung und wirkte erleichtert.

Jenny

Der Himmel ist klar, es ist eine bitterkalte Vollmondnacht. Nun wird es nicht mehr lange dauern und die Menge zählt wieder rückwärts. Die letzten Besucher strömen noch aus den kleinen verwinkelten Seitengassen auf den Platz. Dann ist es kurz vor Mitternacht, und plötzlich beginnt die Menge zu zählen: 10,9,8,7,6,5,4,3,2,1!!!

Die Musik von Händel ertönt und das Feuerwerk erhellt den Platz. Der Vollmond ist nicht mehr zu sehen.

Jenny steht still da und beobachtet die Menge. Es war in letzter Zeit viel geschehen in ihrem Leben. Sie hatte einen wichtigen Menschen wiedergefunden und kurze Zeit später eigentlich wieder verloren. Die Gedanken kreisen durch ihren Kopf, wie ein Möbiusband. Es ist sehr kalt in dieser Silvesternacht. Irgendwann rufen die Leute um sie herum „Prost Neujahr!“ und fallen sich in die Arme. Das Feuerwerk beginnt und dazu dröhnt -Die Feuerwerksmusik-. Das Stück von Georg Friedrich Händel wurde damals von ihm als Komponisten geschrieben, um in einer riesigen Feier das Ende des österreichischen Erbfolgekrieges zu zelebrieren. Händel wurde explizit dafür beauftragt, ein Stück zu komponieren, das ausschließlich mit Pauken, Oboen, Hörnern und Trompeten besetzt war. Eigentlich wollte Händel es so nicht, und das war deutlich zu hören. Dem Stück fehlte das Gefühl des freien Komponierens. Egal welches Orchester es unter welchem Dirigenten, ob 1749 oder zur heutigen Zeit aufgeführt hatte, man spürte förmlich einen Widerstand der einzelnen Töne zu den aufoktroyierten Instrumenten. Doch niemand in dieser Menschenmenge schien diese Diskrepanz wahrzunehmen. Jenny sah in den Himmel und versuchte die Musik auszublenden und sich an den pyrotechnischen Leuchtkörpern zu erfreuen, die zu ihrem Erstaunen sehr gut aufeinander abgestimmt in den Himmel geschossen wurden. Wie ein Fluss, ein Lichtermeer, was aufbrausende Wellen und das Ausgleiten der Kämme zu den Tälern darzustellen schien. Jenny blendete die für ihren Geschmack grauselige Musik aus und ließ sich innerlich auf ein anderes Stück ein. Die Moldau von Smetana, das Dahingleiten eines Gewässers, eines Elementes, das im Gegensatz zu Feuer stand. Wie viel mehr Wert wäre diese Kombination gewesen, im Gegenzug zu diesen harten Klängen der Pauken und Trompeten. Jenny schaffte es, ohne ihre Augen zu schließen, dem Händel den Smetana vor die Nase zu setzen und sie genoss diesen alleinigen Gedanken. Sie schaute in die Menge und wusste, nur sie alleine würde diese schöne Reise an Prag vorbei, an all den schönen Landschaften machen und dabei ein wundervolles Lichterkonzert sehen. Ihr Blick ruhte und sie bemerkte, dass sie unbewusst einen Jugendlichen beobachtete. Auch er schien sich mehr für die Lichter als den Lärm zu interessieren. Er sah in sich vollkommen wohl aus, sie folgte seinem Blick und dieser lenkte sie zu einem gutgekleideten Mann, der ihn ebenfalls anzusehen schien. Dort stand derjenige in einen Ledermantel gekleidet. Er wirkte allein unter einer Vielzahl von Menschen und stand einfach still und irgendwie anmutig da. Trotzdem war sich Jenny sicher, dass die Moldau genau jetzt nur ihr gehörte.

*

In solchen Momenten vermisste sie ihre Freundin Musikanti. Sie hätte jetzt ähnlich empfunden, weil sie den gleichen Sinn für schöne Musik hatten. Musikanti war eigentlich nur ein Spitzname, aber Jenny wusste ihren richtigen Namen nicht und hatte im gemeinsamen Leben den Zeitpunkt verpasst, sie danach zu fragen und später getraute sie sich nicht. Musikanti trat in ihr Leben, leise, geduldig und schön. Sie hatte eine Stimme, die so weich wie eine Wolke, erwärmt von der Sonne erschien und wenn sie sich darin fallen lassen würde, wäre sie in einem Nest mit festem Boden gebettet worden. Diese Stimme gab ihr damals die Möglichkeit ihre sterile, hygienisch weiße Umgebung auszublenden und die Schmerzen zu vergessen. Auch wenn Musikanti zum heutigen Zeitpunkt nicht zugegen war, konnte Jenny sich ihre Stimme in den Kopf holen und weiter genießen.

*

Der Konzertsaal war gefüllt, bis auf den letzten Platz. Jenny fühlte sich im Einklang mit ihrem Violoncello. Dass sie in der vorderen Reihe des Orchesters saß, konnte sie komplett ausblenden. Sie tauchte ab, in sich selbst. Jede Faser, jeder Muskel ihres Körpers nahm das Instrument mit in sich auf. Sie schwangen gemeinsam und sie schloss die Augen. Sie musste den Dirigenten nicht sehen, um zu wissen, wann er den Taktstock erhob, um ihr den Einsatz zu geben. Sie spürte und hörte es an der Atmosphäre, es war, als fühlte sie den Stab aus Weißbuche durch die Luft wirbeln. Herr Lampedusa hatte sich an diese ungewöhnliche Musikerin gewöhnen müssen. Normalerweise hielt er mit allen seinen Musikern Blickkontakt und konnte mit einem Augenzeig einen Einsatz vorbereiten, bevor er den Taktstock schwang. Diese junge Dame war eine Besonderheit ihrer Gattung. Man sah förmlich, wie jede einzelne Note in ihr mitspielte, sie glitt als ein Teil des Orchesters mit und doch führte sie es subtil an, ohne es wirklich zu tun. Denn er war der Dirigent. Immer wieder erwischte er sich dabei, dass er ihre Körper-, Gesichts- und Kopfbewegungen als Hinweis nahm. Ein kleines mimisches Zucken ließ ihn wissen, dass an dieser Stelle etwas nicht hundertprozentig konform lief. Sie sprach nie mit ihrem Mund, sie lenkte mit ihrem Instrument. Ohne dieses wirkte sie manchmal wie ein scheues Reh. Packte sie ihr Violoncello aus, wurde sie am ganzen Körper weich und rhythmisch, packte sie es wieder ein, blickte sie zu Boden und wurde merkwürdig steif, als hätte sie einen Stock im Allerwertesten. Herr Lampedusa war von Beginn an fasziniert von dieser jungen Dame, welche er mittlerweile seit fünf Jahren als musikalische Verfeinerung seines Orchesters erleben durfte. Das Ensemble würde ihr folgen, ohne dass es einen Dirigenten bedürfe. Bevor dieses Talent zu ihnen nach Mainz kam, studierte es drei Jahre in Helsinki an der Sibelius Academy. Man musste den Eltern dafür danken, dass sie das Talent dieses Mädchens entdeckt und gefördert hatten.

Der Abend wurde begonnen mit einem Haydn Konzert für Violoncello und Orchester No. 2 in D-Dur und abgerundet mit Antonin Dvorak. Das Talent dieser jungen Dame war bereits über die Grenzen von Mainz bekannt. Die Besucher kamen von weit hergereist, um sich an diesem Hochgenuss musikalischer und persönlicher Verzauberung zu erfreuen. Es wurde still im Saal, Jenny schloss die

Augen, die anderen Streicher setzten ein und sie tauchte ab in die Welt der Töne, in den Rhythmus ihres Instrumentes. Heute war alles besonders stimmig, die Schwingung ihres Violoncellos ließ sie fühlen, dass die Temperatur perfekt war. Manchmal musste sie es vorher einhüllen, damit das Fichtenholz des Korpus die richtige Wärme erhielt, um klingen zu können. Jenny mochte es nicht, spürte sie doch, dass zu kaltes Holz nicht in der Lage war, die volle Vielfalt an Schwingungen an die Töne abzugeben. Musikanti ließ das Instrument damals von einem Geigenbauer aus Frankfurt extra anfertigen und gab es Jenny als Abschiedsgeschenk mit nach Finnland. Ihre Pflegeeltern hatten sich um ein Stipendium für Jenny gekümmert. Es war ein besonderes Cello. Die Schnecke war oben mit einem Hahnenkamm verziert und aus dem richtigen Winkel betrachtet, stellten die Wirbel die Augen dar und der geschwungene Wirbelkasten seine stolze Brust. Niemand unter den Musikern hatte ein so schönes Instrument. Sie liebte es.

*

Einige Jahre zuvor:

Jenny schluckte gerade das letzte Stück Brot herunter, als sich die Tür öffnete und zwei Ärzte, zwei Krankenschwestern und zwei weitere Personen das

Zimmer betraten. Der ältere Mann in weißem Kittel mit dem Schnurrbart fragte, wie sie heiße und ob sie wisse, wo sie sei. Jenny sah alle mit großen erstaunten Augen an und brachte kein Wort heraus. Natürlich wusste sie, dass sie Jenny hieß, aber den Namen sagen? Das konnte sie nicht. Ein anderer Mann stellte sich als Herr Müller vor und dass er nun für sie zuständig sei. Was konnte das bedeuten, musste Jenny wieder Angst haben? Instinktiv kniff sie die Beine so fest zusammen, dass sie zu zittern begann. Der andere Mann im Kittel setzte sich daraufhin zu ihr ans Bett und gab ihr eine Spritze. Es kribbelte, sie wurde müde und schlief ein. Sie träumte von einer Gestalt, einer hellen Gestalt. Sie sang, sie sang ein so schönes Lied, es war so leicht. Jenny träumte, dass sie fliegen konnte. Sie sah die Welt von oben. Alles wirkte so klein und zerbrechlich, die Berge, die Wiesen, die Tiere und die Menschen. Jenny flog über ein Meer und plötzlich stieg die siebente Welle zu einer undurchdringlichen Wand empor, sodass sie niederstürzte und von den Fluten verschlungen wurde. Sie rang nach Luft und wachte auf. Der Gesang aber blieb. Sie befand sich noch immer in diesem weißen Zimmer. Am Ende ihres Bettes saß eine ältere Frau mit geschlossenen Augen und sang. Sie schien zu spüren, dass Jenny erwachte und schaute sie mit einem Zwinkern an. Sie sah so freundlich aus, so warmherzig, so weich und lieb.

Jenny setzte sich auf und fragte: „Wo bin ich und wer bist du?“

„Du bist in einem Krankenhaus und ich bin die Tante mit der Musik. Wenn Du möchtest, komme ich Dich jeden Tag besuchen und singe Dir Lieder vor. Musik ist gesund und gut für die Seele“, strahlte sie.

Jenny fragte sich, was mit Seele gemeint sei, aber die Vorstellung, dass sie sie täglich besuchen und ihr vorsingen würde, gefiel ihr. Jenny musste noch viele Untersuchungen und Fragen, die sie nicht immer verstand, über sich ergehen lassen. Die Musiktante war die Erholung und die Freude für sie, ohne sie hätte sie Angst gehabt. Erwachsene Menschen taten weh, immer wenn sie ihr etwas gaben, was sie toll fand, wurde ihr danach weh getan. Aber diese Muiskanti, oder wie sie hieß gab ihr Sicherheit. In ihrer Anwesenheit fühlte sie sich wohl und sicher. Jenny vermisste ihre Brüder, traute sich aber nicht, jemanden zu fragen, wo sie waren. Zu sehr ängstigte sie sich vor der Antwort, dass sie tot gemacht wurden. Damit hatten die Erwachsenen immer wieder gedroht, wenn sie nicht das machte, was sie sollte.

„Du bist an Deiner Vagina und Gebärmutter sehr schwer verletzt worden, und auch im Beckenbereich waren einige kleine Brüche zu verzeichnen. Wir versuchen alles wieder so hinzubekommen, dass du später fruchtbar bist.“

Jenny wusste weder, was eine Vagina war, noch was mit fruchtbar oder dieser Mutter gemeint war. Sie merkte nur, wie weh es tat, wenn sie Pipi machen musste. Es brannte wie Feuer. Ihr wurden viele Fragen zu einem Lothar gestellt, sie sollte beschreiben, was der mit ihr gemacht hatte, ob sie den öfter gesehen habe und was für Spiele er mit ihr gespielt hatte und wo Mama und Papa zu diesen Zeitpunkten waren. Jenny schwieg, das musste sie tun, denn Papa hatte ihr immer und immer wieder erklärt, wenn sie auch nur ein Wort jemand anderem erzählte, würde ihren Brüdern etwas sehr Schlimmes passieren. Sie müssten dann sterben und man müsste ihnen leider mit Messern den Hals aufschneiden, bis sie verbluten und sie wäre dann schuld. Es war besser, wenn sie ihre Klappe hielt und das tat sie. Jenny musste noch eine ganze Weile in diesem Krankenhaus bleiben, aber jeden Tag kam die Musiktante und sang ihr vor. Jenny nannte sie Musikanti und schwieg. Sie wollte nur lauschen und manchmal genoss sie es, am Arm gestreichelt zu werden, ganz sanft und passend zum Gesang. Die Fragen wurden weniger, zumindest von diesen Männern. Es blieb eine komische Frau, nicht Musikanti, die war nicht komisch. Eine andere Frau, auch in einem weißen Kittel, mit Zettel und Stift, und die fragte oft Dinge, die Jenny nicht verstand. Sie sollte ihre Familie malen und Jenny malte einen Tisch und zwei Kopffüßler und einen Kreis. Die Frau fragte, warum sie den Tisch gemalt habe, das sei doch ein Gegenstand und keine Person. Das verstand Jenny alleine deswegen schon nicht, weil sie das Wort Gegenstand nicht kannte.

Jenny schwieg und schwieg und irgendwann gab diese komische Frau auf und sagte: „Wenn du nicht mitarbeiten willst und dir nicht helfen lassen willst, dann bitte. Dann lassen wir das jetzt hier!"

Jenny war sich nicht sicher, ob sie etwas falsch gemacht hatte, aber Musikanti beteuerte, dass alles, was sie machte oder auch nicht, richtig war und dann sang sie ihr wieder vor. Eines Tages brachte Musikanti einen Kasten mit und dort kam Musik raus, wundervolle Musik. Manchmal sogar schöner, als die, die Musikanti singen konnte. Besonders gut gefielen Jenny die Streicher, wenn sanfte Klänge aus dem Kasten kamen. Wenn es sich anhörte, als würde man schweben oder Wasser würde dahingleiten oder Bäume rauschen und Vögel zwitschern. All das, was Jenny in den Tönen mit der Natur verband, gefiel ihr.

Irgendwann war Jenny mehr oder weniger genesen und sollte zu einem neuen Zuhause kommen, in dem sie schlafen und wohnen durfte. Dort gab es drei andere Kinder. Jenny hoffte, dass auch ihre beiden Brüder darunter waren. Sie wusste schon fast nicht mehr, wie sie aussahen. Es war ein schönes Haus aus Holz und es roch sehr gut dort. Es roch nach frischem Essen, nach Obst und nach - Jenny fand kein Wort dafür. Es roch nach Leichtsein. Ihre Brüder waren leider nicht hier, aber sie bekam ein eigenes Zimmer mit einem wunderschönen lila Bett. Es gab sogar einen Kleiderschrank und einen kleinen Tisch mit einem Stuhl. Es gab Kinderbücher in einem Regal und Bundstifte mit Papier. Jenny kannte das aus Filmen, dass Kinder schöne Zimmer hatten mit einem eigenen Bett, aber dass das jetzt ihr Zimmer sein sollte, konnte sie kaum glauben. Vorsichtig öffnete sie den Kleiderschrank und er war gefüllt mit schöner Kleidung. Jenny jauchzte und erschrak über ihr eigenes Geräusch, so laut war es. Musikanti hätte sich über ein derartiges Geräusch sehr gefreut, dachte sie und erschrak plötzlich. Wusste Musikanti, wo sie jetzt wohnen durfte?

*

Jenny kam in die Schule und fiel den Lehrern durch ihre extrem schüchterne, introvertierte Art auf. Häufig wurden Herr und Frau Lehmann in die Schule gebeten, weil man sich dort sorgte. Das Ehepaar wusste vom Jugendamt natürlich um die Hintergründe des Mädchens, sie vermieden es jedoch, die Lehrkräfte in vollem Umfang darüber zu informieren. In der Vergangenheit hatten sie schlechte Erfahrungen damit gemacht. Irgendeine Lehrkraft erzählte etwas, ein anderes Kind schnappte es auf und dann konnte es zur Hölle werden für ihre Schützlinge. Grausam konnten Kinder sein.

Jenny war ein intelligentes Mädchen und bis auf die mündliche Beteiligung in allen Fächern sehr gut. Musik und Kunst waren ihre Leidenschaft. Auf dem weiterführenden Gymnasium gab es sogar ein Schulorchester. Jenny erlernte das Musizieren auf der Violine und der Lehrer entdeckte schnell das Talent dieses Mädchens. Eines Tages gab das Orchester in der Vorweihnachtszeit ein Konzert und viele Eltern und Großeltern kamen. Jenny hielt Ausschau nach Herrn und Frau Lehmann und entdeckte in der letzten Reihe: Musikanti! Was für eine Überraschung und Freude sie zu sehen. Ihr Herz fing an zu klopfen und Jenny schwang ihren Geigenstock ganz aufgeregt in der Luft herum. Sie versuchte mit all ihren Möglichkeiten auf sich aufmerksam zu machen. Sie suchte den Kontakt und dann trafen sich ihre Blicke. Sie schaute ihr direkt in die Augen und lächelte, oh wie schön, als sei sie nie weg gewesen. Von da an begleitete sie ihr Leben wieder und sie teilten die Freude zur Tonkunst. Sie gingen gemeinsam in Konzerte und hörten die Vierjahreszeiten von Vivaldi, la Boheme von Puccini, Valse Triste von Sibelius und viele weitere Werke. Jenny genoss diese Momente, sie fühlte sich so akzeptiert. Musikanti gab ihr immer das Gefühl, ein guter Mensch zu sein. Sie urteilte nie, und egal was Jenny sagte oder machte, es war richtig in ihren Augen. In einem der gemeinsamen Konzerte lernte Jenny eine Geige kennen, die viel größer war als die ihre und die man aufgrund dessen vor sich stellen musste. Das war ein Cello. Jenny war fasziniert, und Musikanti beobachtete diese zunehmende Liebe und sprach mit dem Lehrer und Leiter des Schulorchesters. Sie vereinbarte mit ihm, dass sie für den Einzelunterricht und ein Leihinstrument aufkommen würde. Es kostete Jenny viel Überwindung, dieses Instrument zunächst anzunehmen, niemand wusste woran es lag, nicht einmal sie selbst. Sie wollte es so gerne erlernen.

Eines Abends ging Musikanti mit ihr in ein Haydnkonzert und sprach mit leiser und weicher Stimme: „Schau, mein liebes Mädchen, das Violoncello beschützt Dich, Du kannst Deine Beine dafür öffnen. Es ist Dein Schutzpanzer und niemand kann Dir wehtun.“

Jenny begriff, sie durfte sich lösen, die Beinmuskeln entspannen. Bei der nächsten Probe konzentrierte sie sich voll und ganz auf sich und diese sanften und kräftigen Töne, wenn der Cellobogen auf den Saiten hin und her glitt. Jenny wurde so gut, dass der Lehrer und das Ehepaar Lehmann gemeinsam mit Jenny überlegten, nach ihrem Abitur ein Stipendium für eine Musikhochschule zu beantragen. Die Pflegeeltern würden sich um alles kümmern, und es klappte. Jenny wurde in Finnland aufgenommen.

Es fiel ihr nicht schwer, Abschied zu nehmen. Musik war ihr Leben und ihre Familie. Musik war ihre Partnerschaft und ihr bester Freund. Sie hörte zu und sie sprach durch und mit der Musik. Das Violoncello, das ihr Musikanti als Abschiedsgeschenk mit auf ihren weiteren Lebensweg gab, war ein Traum. Eine Einzelanfertigung nur für sie und so wunderschön. Es war Liebe auf den ersten Blick.

*

An der Sibelius Academy in Helsinki waren viele Studenten aus anderen Ländern, so dass sie untereinander überwiegend auf Englisch kommunizierten. Viele der Finnen dort sprachen ebenfalls hervorragendes Englisch. Jenny lernte trotz dieser Begebenheit die Heimatsprache ihres Gastlandes.

Es war ein Zeichen von Respekt einem Land und einer Kultur gegenüber, in der sie nun die nächsten drei Jahre leben, lernen und musizieren durfte. Sie lernte schnell, trotz des Umstands, dass finnisch aus einer völlig anderen Sprachfamilie stammte als ihre Muttersprache. Mit den indogermanischen Wurzeln hatte es wenig, bis keine Gemeinsamkeiten. \`Minun nimeni on´ war die Übersetzung für \`Ich heiße´. Suomi, wie die finnische Bevölkerung ihre eigene Sprache nannte, gehörte zu der Familie der uralischen Sprachen. Finnisch hat allein 15 Kasus und klang von der Sprachmelodie ein bisschen wie schwedisch gesprochenes Ungarisch, fand Jenny. Viele Studenten mühten sich mit dem Spracherwerb ab und verfielen in ihr bewährtes Englisch zurück. Jenny hingegen freundete sich mit einer Finnin namens Lennja an und bestand darauf, sich mit ihr in ihrer Landessprache zu unterhalten. Sie teilten nicht nur die Begeisterung für das Cello, sondern auch bald den Wohnraum in der Annankatu. Ihre kleine Wohnung lag in der Nähe eines kleinen Stadtwalds und vielen kleinen Bars und Restaurants. Lennja ging gerne aus und Jenny ließ sich mitziehen. Ihr Naturell hätte sich ihren eigenen vier Wänden mehr hingezogen gefühlt, aber sie genoss das Beisammensein mit ihrer Freundin. Ein bisschen guckte sich Jenny ab, wie man mit Männern umging. Man konnte sich unterhalten und ihnen trotzdem signalisieren, dass es nur bei einem

Gespräch bleiben sollte. Jenny öffnete ihren Schoß nur für ihr Violoncello, aber niemals für einen Mann. Lennja nahm beizeiten mal einen jungen Studenten mit in ihre Wohnung, aber das störte Jenny nicht im Geringsten. Sie zog sich dann mit ihren Noten in ihr Zimmer zurück und las. Jenny konnte sich beim Lesen der Noten die Melodie in den Kopf denken, ohne sie auditiv wahrnehmen zu müssen. So lernte Jenny die Partituren auswendig und benötigte keine Noten, wenn sie zum Unterricht ging oder mit dem Orchester probte. Das Schließen der Augen gab ihr die Möglichkeit abzutauchen, ohne visuell abgelenkt zu werden, und dann holte sie sich alle Einsätze der anderen Musiker ins Gedächtnis und konzentrierte sich nur auf das Musizieren.

*

Während dieser Zeit hatte Jenny kaum Kontakt nach Deutschland. Es wurde von allen respektiert. Herr und Frau Lehmann besuchten sie einmal in Helsinki, weil sie sehen wollten, wie sie untergekommen war. Jenny versuchte ihnen zu erklären, dass sie nicht traurig sein sollten, sie war ihnen und den anderen Beteiligten so dankbar, dass sie ihr diesen Weg geebnet hatten, aber nun musste sie sich selbst finden. Sie hatte ihre Familie, ihre Brüder damals verloren und benötigte jetzt die Zeit für sich ganz allein.

Drei Jahre später bewarb Jenny sich in Mainz als Berufsmusikerin. Herr Lampedusa lud die junge Dame zu einem Vorspiel ein. Er gab ihr die Noten von Astor Piazolla, einem argentinischen Komponisten. Er wollte das Stück Oblivion als Cello Duett mit ihr spielen und reagierte irritiert, weil sie ihm besagte Noten wieder zurückgab. Jenny ging zu ihrem Instrument, packte es aus, setze sich auf einen der beiden Hocker, streichelte über ihr Violoncello und erfragte stumm mit einem wachen, freundlichen Blick, ob sie ihre Instrumente aufeinander abstimmen sollten. Dann fragte sie sanftmütig, welche Stimme sie spielen dürfe. Herr Lampedusa rückte sich seinen Notenständer zurecht und begann zu spielen. In diesem Moment schloss sie ihre Augen und setzte Sekundengenau ein. Er war fasziniert, sie konnte es auswendig und zuckte lediglich einmal kurz zusammen, als er seinen Einsatz knapp verpasste, so sehr lenkte ihn die Anmut dieser jungen Musikerin ab.

Danach spielte sie ein Solo. Sie durfte sich ein Stück aussuchen und entschied sich für ein Stück von Bach, Suite No. 1 in G -Dur. Es war ein Traum, auch er schloss die Augen und ließ sich von der Musik treiben. Jenny bekam eine Anstellung im Mainzer Sinfonieorchester und meldete sich dann zurück bei Herrn und Frau Lehmann. Sie hatte ihnen unnötigen Kummer ersparen wollen, falls sie nicht genommen worden wäre. Jenny entschied sich ganz bewusst, wieder in die Nähe ihrer Kindheit zu ziehen. Sie hatte all die Jahre die Hoffnung nicht aufgegeben, ihre Brüder einmal wieder zu sehen.

*

Es war ein Novemberabend und der Konzertsaal füllte sich. Jenny spielte an dem heutigen Abend das Stück Air von Bach, begleitet wurde sie von einem großartigen britischen Pianisten an einem weißen Flügel. Unter den Zuschauern saß ein junger Mann, der das erste Klassikkonzert seines Lebens besuchte. Er fühlte sich zunächst wie im falschen Film. Die Besucher waren sehr fein angezogen, so dass er sich in seiner schwarzen Jeans, seinen normalen Straßenschuhen und einem einfachen Hemd schäbig vorkam. Aber er hatte keine bessere Kleidung. Er setzte sich in den oberen Rang. Der Saal verdunkelte sich und die beiden Musiker wurden von Scheinwerfern angestrahlt. Die Violoncellistin schloss ihre Augen und dann begann sie zu spielen. Ingo K. bekam Gänsehaut. Eigentlich war das nicht seine Musikrichtung, aber dieses Stück ging unter die Haut. Das musste die Musikerin sein, von der Hermine kurz vor ihrem Tod sprach. Ihr sollte er all die Klassikwerke übergeben.

Nach dem Konzert wartete er in der Empfangshalle. Ingo K. hatte über einen Mitarbeiter an der Kasse eine Nachricht für die Violoncellistin J. Krenski hinterlegen lassen. Sie hatte einen ähnlichen Nachnamen wie er. Plötzlich kam sie durch die Halle, ihr riesiges Instrument geschultert und lächelte ihn freundlich an.

Er platzte gleich mit seiner Frage heraus: "Entschuldigen Sie die Störung, kannten Sie eine Hermine Wachtel?"

Jenny dachte lange nach und antwortete: "Nein, das tut mir leid, eine Dame dieses Namens ist mir nicht bekannt. Wer sind Sie denn?"

„Oh Entschuldigung! Mein Name ist Ingo Krynski."

Jennys Herz blieb fast stehen, Ingo war der Vorname ihres älteren Bruders und das konnte kein Zufall sein, dass ihre Nachnamen sich lediglich durch einen einzigen Buchstaben unterschieden.

„Warum fragen Sie mich nach dieser Dame?"

„Ich stand ihr sehr nahe, wissen Sie. Sie war meine Familie, auch wenn wir eigentlich gar nicht verwandt waren und sie bat mich kurz vor ihrem

Tod, alle ihre klassischen Musikwerke an eine junge Frau zu geben, die ca. 25 Jahre alt ist und in Mainz Cello spielt. Sie konnte mir leider keinen Namen sagen."

Das musste Musikanti sein.

„Wie sah sie aus?", fragte Jenny.

Ingo K. antwortete: „Lieb, sie sah lieb aus."

Jenny fragte: „Wollen wir noch etwas zusammen trinken gehen? Ich würde Sie einladen."

*

Gemeinsam gingen Ingo Krynski und Jenny Krenski unten am Rhein in einer kleinen Bar noch ein Bier und ein Glas Wein trinken. Sie unterhielten sich über Hermine alias Musikanti, und irgendwann erzählte Jenny, wo und wie sie diese liebenswerte Dame kennengelernt hatte. Dann nahm Ingo all seinen Mut zusammen und fragte, ob sie wisse wo und wer ihre Eltern seien.

Ihre Antwort lautete:" Ingo? Du bist es doch, ich will nicht wissen, wo unsere Eltern sind. Meine Erinnerung an damals liegt im Nebel und dort soll sie bleiben. Die Psychologen haben sich damals die

Zähne an mir ausgebissen. Meine Güte, bin ich froh, dass wir uns wiedersehen dürfen. Ich kann es gar nicht glauben. Mensch Ingo, das war der einzige Grund, warum ich zurück in die Nähe unserer Geburtsstätte gezogen bin. Ich wünschte mir so sehr, meine Familie wiederzufinden und nun stehst Du vor mir!“

Beide fielen sich in die Arme und erzählten von ihren Lebenswegen, wobei Ingo K. einige Details ausließ. Weder der eine, noch die andere wusste etwas vom jüngsten Bruder. Sie trafen sich schließlich fast täglich und Jenny schenkte ihrem Bruder ein Jahresabo ihrer Konzerte. Ingo K. hätte sich nie träumen lassen, dass er regelmäßig einmal klassische Konzerte genießen konnte. Er besorgte sich sogar ein paar gute Schuhe, eine vernünftige Hose und ein hübsches Hemd.

Eines Tages berichtete Jenny, dass sie seit längerer Zeit Schmerzen im unteren Rücken- und Beckenbereich hätte, die bis in ein Bein hineinzogen. Sie sorgte sich darum, dass sie diese Beschwerden irgendwann beim Musizieren ablenken könnten. Alle bisherigen Therapien, wie Krankengymnastik, Ausschalten der schmerzleitenden Nervenfasern oder Schmerzmittel schlugen fehl. Jenny hatte alles versucht. Gemeinsam konsultierten sie einen Facharzt in Frankfurt. Die Röntgenaufnahmen zeigten zunächst leichte Verdickungen im Bereich des Iliosakralgelenkes. Diese Art der Heilung findet man bei indirekten Frakturheilungen. Da das betroffene Gelenk ein sehr großes ist, riet der Arzt zu einer Untersuchung durch ein MRT. Die Auswertung der Bilder zeigte, dass sich in der Vergangenheit auch andere kleinere Brüche im Schambereich zugetragen haben müssten. Man könnte versuchen, das schmerzende Gelenk mit einer Methode zu behandeln, die jedoch aufgrund noch fehlender wissenschaftlicher Langzeitstudien, keine hundertprozentige Wirksamkeit nachweisen kann. Bei dieser Behandlung werde eine hochprozentige Glucoselösung in das betreffende Gelenk bzw. den Kapselbandapparat injiziert. In den meisten Fällen löste man dadurch eine Art Narbenbildung aus, die wiederum durch die Verdickung eine Straffung der Bänder verursachen könnte, um das Gelenk wieder rigider zu führen. Diese Methode sei jedoch noch in der Testphase. Das sei die einzige Alternative zu einer Operation, bei der das ISG- Gelenk fixiert werden würde. Aber diese Operation könne man nur als letzte Notlösung empfehlen, da der gewünschte Erfolg in den meisten Fällen ausbliebe. Die Kosten einer solchen Behandlung müsse man privat tragen.

Ingo K. fragte den Mediziner, wodurch solche Verletzungen verursacht werden könnten und erahnte bereits, von wann und woher diese stammten. Er hatte damals seine kleine Schwester zu oft alleine gelassen mit diesen bösen Menschen. Bis heute empfand Ingo K. Schuldgefühle seiner Schwester gegenüber. Irgendwie musste er einen Weg finden, das Geld für diesen Glucosekram aufzutreiben. Seiner Schwester erzählte er, dass er im letzten Jahr eine Abfindung von seiner Arbeitsstelle bekommen hatte und ihr das Geld, welches ihr dann noch fehle, sehr gerne für diese alternative Heilmethode gäbe. Jenny wollte diese großzügige Geste zunächst nicht annehmen, aber ihr Bruder ließ ihr keine Wahl.

Danach war Ingo K. plötzlich verschwunden. Wahrscheinlich hatte er nie eine Abfindung bekommen und würde sich nicht getrauen, dieses zuzugeben. Wie schade, dabei war sie nicht gewillt, dass er sich finanziell beteilige. Weihnachten und Silvester nahten und immer noch keine Spur ihres Bruders. Sonderbar, Jenny empfand eine tiefe Sehnsucht nach ihm und Musikanti alias Hermine Wachtel. Das Ehepaar Lehmann war damals ihr Pflegeelternpaar, sie hatten sich rührend um sie gekümmert und alles für sie getan, was in ihrer Macht stand. Aber emotional waren Ingo und Hermine Wachtel ihre Familie.

Es war ein 29. Februar als Jenny einen sehr ungewöhnlichen Brief von einem Absender erhielt, dessen Namen sie noch nie gelesen oder davon gehört hatte. In ihm stand geschrieben:

Frankfurt, den 08.12

Sehr geehrte Frau Krenzki,

mir ist durch ihren ehrenwerten Herrn Bruder zu Ohren gekommen, dass Sie sich einer Heilungsmethode unterziehen müssen, welche einen hohen Eigenanteil der Behandlungskosten mit sich führen. Meine Frau und ich verehrten Ihre Konzerte und durften eines wunderschönen Abends Ihnen und Ihrem Cello lauschen. Es war ein musikalischer Hochgenuss, Ihnen zuhören zu dürfen. Dafür danke ich Ihnen auf diesem Wege nochmal recht herzlich. Wenn Sie diese Zeilen lesen, werden meine Edith und ich nicht mehr unter den Lebenden weilen, so dass ich unseren Sohn Arthur beauftragt habe, Ihnen diesen Brief zukommen zu lassen. Arthur ist unser einziger Sohn und wird Alleinerbe sein. Ich habe in einem handschriftlichen Zusatz unseres Testamentes vermerken lassen, dass Sie 100.000 DM für Ihre Behandlung erhalten sollen. Ihr Bruder Herr Ingo Krynski ist Zeuge, dass ich selbst bei vollem Verstand diese Zeilen aufsetzte. Sollten Sie weniger benötigen, bitten wir Sie höflichst den Rest des Geldes für einen sozialen Zweck zu spenden. Sollte Ihre Genesung weitere finanzielle Mittel bedürfen, wenden Sie sich vertrau-

ensvoll an unseren Sohn Arthur Nussbaum. Er lebt in Schottland und es ist sehr wichtig, dass Sie bei einer telefonischen Kontaktaufnahme zweimal klingeln lassen, den Hörer wieder auflegen und kurze Zeit später erneut durchrufen. Die Telefonnummer und seine Adresse finden Sie auf einem kleinen Extrapapier. Trotz der Umstände, weswegen Sie möglichweise Ihren Bruder verurteilen mögen, ist er ein guter Mensch.

Hochachtungsvoll
Karl Friedrich Nussbaum

*

Jenny fehlten die Worte. Wer waren diese Herrschaften, die ihr ein solch großzügiges Zugeständnis überstellten und warum sollte sie ihren Bruder verurteilen? Der Brief selbst wurde zwar in Schottland aufgegeben, jedoch fand sie im Telefonbuch einen Eintrag zu diesem Namen in Frankfurt, wo dieser Brief geschrieben worden war. Gleich am nächsten Morgen fuhr sie mit dem Zug nach Frankfurt, um Näheres über das Ehepaar Nussbaum zu erfahren, und ging zu der angegebenen Adresse. Dort war ein leerstehendes Geschäft mit einem Schild, „zu verkaufen“ und als Kontakt war der Name eines Bankmitarbeiters angegeben. Jenny suchte die genannte Person auf und gab an, sich für das Objekt zu interessieren. Im Gespräch erfuhr sie, dass dort über mehrere Generationen ein Schmuckladen geführt wurde und das Ehepaar Nussbaum bei einem Raubüberfall ums Leben gekommen sei.

Jenny wurde schlecht. Was hatte ihr Bruder damit zu tun? Sie fand heraus, welches Präsidium für diesen Fall zuständig war und erfuhr, dass ein gewisser Ingo Krynski den Raubmord bereits gestanden habe und verurteilt wurde. Sie musste ihn unbedingt besuchen, sie wollte verstehen. Als leibliche Schwester durfte sie einen Antrag auf Besuchserlaubnis stellen. Es lag jedoch der Umstand der unterschiedlichen Nachnamen noch im Raum. Eine Geburtsurkunde von ihr war damals nachträglich ein weiteres Mal angefertigt worden, weil das Original nicht aufzufinden war. Dort stand Jenny Krenski geschrieben. In alten Dokumenten der Inobhutnahme vom Jugendamt wurden die Kinder als Krynski bezeichnet. Erst im Antrag eines Herrn Müller, dem damaligen Vormund der Kinder, war zu lesen: Jenny Krenski. Konnte das ein Flüchtigkeitsfehler sein? Wer war sie denn jetzt? Jenny sah ihre alten Akten ein, diese mussten in ihrem Fall 30 Jahre aufbewahrt werden. Sie entschied sich nicht weiterzulesen, nachdem sie herausgefunden hatte, dass es lediglich die Folge einer unsauberen Schrift des Herrn Müller war. Die Vergangenheit, ihre Vergangenheit sollte sich lieber weiter im Dunst ihrer Erinnerung befinden und mit dem Lauf der Zeit weiter verblassen.

*

Ingo K. musste dem Besucherantrag seiner Schwester zunächst stattgeben, was er sofort tat. Er freute sich sehr, dass Jenny kam, obwohl es unter ihrer Würde sein musste. Sie war so damenhaft, so edel, er war so stolz auf sie. Die Tür summte, der Wärter signalisierte, dass sie durchgehen solle. Jenny war ganz mulmig, sie fühlte sich wie im falschen Film. Es war ein Raum, in dem mehrere Tische standen und an einem saß ihr Bruder. Sofort stand er auf, als er diese anmutige Person von Schwester durch die Tür kommen sah. Sie fielen sich in die Arme. Ingo K. drückte sie ganz fest und fragte aufgeregt:

“Hast du einen Brief von Arthur Nussbaum bekommen?“

„Ja, von Arthur, das habe ich, deswegen bin ich hier. Du hast mir so gefehlt, ich hatte mich so sehr auf die Weihnachtszeit mit dir gefreut, endlich jemanden aus der eigenen Familie und dann warst du plötzlich weg.“

Jenny weinte, ihr liefen die Tränen über die Augen.

„Jenny, es tut mir so leid, ich wollte eigentlich immer nur helfen, aber es lief alles schief. Ich habe dir auch nicht alles über mein Leben erzählt, ich hatte so eine Angst, dass du mir wieder fortlaufen würdest, dass du sauer bist auf mich. Ich habe dich damals alleine gelassen, es ist alles meine Schuld. Ich meinte es immer nur gut und ständig trat ich in die Scheiße damit, zum Verzweifeln. Die einzige Person, die mir je das Gefühl gab, ein toller Mensch zu sein, war Hermine."

Ingo K. brach zusammen und schluchzte fürchterlich.

„Aber was machen wir nun die nächsten zehn Jahre, was machst du, Ingo, die nächsten zehn Jahre?"

„Jenny, ich werde Kinderbücher schreiben. Dafür brauche ich deine Hilfe. Ich kann nicht so schön schreiben, aber ich weiß wie man sich als Kind fühlt, wenn man keine Familie hat. Kennst du auch nur ein schönes Weihnachtsbuch für Kinder im Heim oder bei Pflegeeltern? Ich nicht, es ist so gemein. Immer leben in diesen Büchern die Kinder bei ihren Eltern, die sich rührend kümmern, einen Tannenbaum aufstellen, Kerzen anzünden und gemeinsam singen. Jenny, mir wurde immer schlecht und wütend bei diesen Büchern, wer denkt denn an Kinder wie uns? Niemand!! Ich will schreiben für diese Kinder. Und ich lerne die Gebärdensprache, ich habe einen Jugendlichen kennengelernt, der zeichnen kann und gehörlos ist, er wird für mich zeichnen. Kannst du meine Verbesserungsleserin werden? Bitte, ich brauche eine sinnvolle Aufgabe, ich bin kein schlechter Mensch!“

Jenny weinte immer noch, aber instinktiv wusste sie, dass Ingo ein fairer Mensch war und natürlich hatte sie bemerkt, wie wenig schöne Bücher es gab für Kinder, die nicht bei ihren Eltern aufwuchsen oder die behindert waren oder anderweitig benachteiligt. Selbstverständlich würde sie helfen. Sollte sie fragen, wie es zu diesem Vorfall im Schmuckladen kam? Jenny entschied sich, dieses auf einen späteren Zeitpunkt zu verschieben und genoss den Moment ihn zu sehen.

Ben

Der Himmel ist klar, es ist eine bitterkalte Vollmondnacht. Nun wird es nicht mehr lange dauern und die Menge zählt wieder rückwärts. Die letzten Besucher strömen noch aus den kleinen verwinkelten Seitengassen auf den Platz. Dann ist es kurz vor Mitternacht, und plötzlich beginnt die Menge zu zählen: 10,9,8,7,6,5,4,3,2,1!!!

Die Musik von Händel ertönt und das Feuerwerk erhellt den Platz. Der Vollmond ist nicht mehr zu sehen.

*

Ben schaut in den Nachthimmel und fühlt plötzlich, wie seine Mutter Anna nach seiner Hand greift und ganz fest zudrückt. Ach, das sind immer die Momente, in denen Ben merkte, wie traurig sie war. Vielleicht lag es daran, dass sie mit ihm ein behindertes Kind hatte, das mittlerweile ein Jugendlicher war. Er konnte zwar das Reden der Leute drumherum nicht hören, aber er konnte an der Mimik seiner Mutter erkennen, dass sie manchmal traurig wurde. Ben sah sich die Menschen auf diesem Platz an. Die Münder bewegten sich, es waren alte und junge Leute da. Liebespaare, Eltern mit ihren Kindern, und alle sprachen sie mit ihren Mündern. Da fiel ihm ein

Mann auf, der wirkte anders als die anderen Personen. Er schien mit seinen Gedanken sehr weit weg zu sein und er wippte auf und ab, nur leicht, man konnte es kaum erkennen. Zumindest schien er sehr gut im Ausblenden seiner Umwelt zu sein. Er sah so alleine in der Masse an Menschen aus. Sein Mund bewegte sich nicht. Ben schaute automatisch auf die Lippen seiner Mitmenschen und ihre Augen. Er war darauf angewiesen, seine Personen in der Umgebung anzusehen, um ein bisschen verstehen zu können. Sein Blick traf den des Mannes und dieser erschrak gar nicht. Ben war es gewohnt, dass andere sofort den Blick senkten oder woanders hinsahen, wenn sie merkten, dass irgendetwas mit ihm nicht stimmte. Direkte Blicke schienen viele Hörende als unangenehm zu empfinden. Bei diesem Herrn war es anders. Er schaute sehr vertraut, vielleicht war er ebenfalls gehörlos. Er wirkte zufrieden, erleichtert, gar nicht so einsam, obwohl er alleine zu sein schien.

Dann zwinkerte er ihm zu und sah in den Himmel hinauf. Dort sah man den Mond und die Sterne. Irgendwann begannen die Menschen, sich zuzuprosten und ein frohes neues Jahr zu wünschen. Auch er und seine Mutter wünschten sich ein frohes, neues Jahr. Sogar unbekannte Leute, die mit ihnen dort standen, prosteten ihnen zu. An der Mimik konnte Ben sehr gut sehen, dass seine Aussprache auf einige Anwesende irritierend wirken musste. Sie guckten dann verstört weg und wandten sich ab. Aber in so einer Silvesternacht war es anderen manchmal auch egal, und sie lächelten ihm freundlich zu.

Dann war ein beeindruckendes Feuerwerk zu sehen. Ben konnte spüren, dass es Musik dazu geben musste, das fühlte er in seinem Bauch. Seine Mutter Anna erzählte immer von einem Lied von Herbert Grönemeyer -sie mag Musik, nur wenn sie laut ist-. Das ging ihm genauso. Ben liebte Musik, wenn er sie fühlen konnte. Das kribbelte so schön. In dieser Nacht kribbelte es zwar nicht so schön in seinem Bauch, aber er nahm dumpf wahr, dass Musik in der Luft lag.

*

Je jünger die Kinder, desto einfacher war es für Ben. Oft wurde er von Kindern angestarrt, wenn seine Hände durch die Luft wirbelten und er sich mit seiner Mutter oder einem Freund unterhielt. Ben freute sich über solch neugierige Kinder und zog sie oft nur mit seinen freundlichen Blicken in den Bann und zeigte ihnen ein oder zwei Quatschgebärden. Manchmal bekamen es die Eltern noch nicht einmal mit, und dann war das wie ein kleines Geheimnis zwischen ihm und einem kleinen hörenden Menschenwesen. Ben konnte sich glücklich schätzen, dass sich seine Mutter damals, entgegen der Ratschläge von Ärzten und Pädagogen, für das Kommunizieren in der Gebärdensprache mit ihrem Sohn entschied. Sein Kumpel Sven hatte das Glück nicht. Es hieß, die hörgeschädigten Kinder könnten sich nicht in die hörende Welt integrieren, wenn sie immerzu gebärden würden. Man solle zu Hause lieber das Lippenlesen üben und trainieren und auf eine gute Aussprache achten. Anna und er taten dieses auch, aber immer mit Spaß und Freude. Das war zum Teil ziemlich schwierig mit dem Lippenlesen. Es gab nicht mehr als 30 Prozent an Buchstaben, die man mittels Lippenlesens bestimmen konnte. Andere Buchtstaben sah man gar nicht an den Lippen. Das -L- sah man dafür hervorragend. Männer mit Vollbärten oder Menschen mit Kaugummi im Mund konnte man sehr schwer verstehen. Manchmal machte er Rätsel mit seiner Mutter.

Dann machte er Spielchen und sagte nur mit den Bewegungen seiner Lippen: „Liebe Mama, kannst du eine neue Mutter kaufen gehen?“

Sie war stolz alles richtig abgesehen zu haben und gebärdete zurück:“ Klar kaufe ich dir neue Butter:“

Und dann lachten beide, wenn er aufklärte, was er eigentlich gesagt hatte.

*

Ben wurde als hörendes Kind in Oberursel geboren. Er wohnte mit seinen Eltern in einem schönen Einfamilienhaus direkt am Waldrand. Sie hatten einen Garten mit einem kleinen Teich, einer Hollywoodschaukel und einem riesigen Apfelbaum in der Mitte des Rasens. Dort roch es im Frühling nach jungem und frischem Gras, wenn die Wiesen blühten. Abends beim Einschlafen wurde das Kippfenster weit aufgemacht, und er durfte sich eine Geschichte anhören. Bis heute konnte er sich Benjamin Blümchens „Törröö" und die Stimmen seiner Eltern ins Gedächtnis rufen. Morgens, wenn Mama das Fenster öffnete, roch es nach schöner, klarer Luft und er hörte die Vögel zwitschern. Es gab lediglich einen Umstand, der diese Idylle immer wieder betrübte. Ben erinnerte, dass seine Eltern sich stetig anschrien, als er klein war. Gleich morgens beim Frühstück fing es an und endete, wenn er eigentlich schon im Bett lag und schlafen sollte. Sein Papa ging morgens nach dem ersten Zank aus dem Haus und danach saß seine Mutter nur da und heulte. Ben versuchte sie zu trösten, er war noch sehr klein, aber er konnte sich gut daran erinnern. Immer hatte er das Gefühl Schuld an dem Streit zu sein. Sein Vater war ein angesehener Notar in Frankfurt, und Mutter? - sie war einfach schön. Ben liebte seine Mama, er wollte nicht, dass sie weinte und versuchte alles, dass sie lächeln würde. Aber Mama sackte immer mehr weg. Seine Eltern stritten seinetwegen, das merkte er. Sein Vater war der Meinung, dass mit dem Jungen etwas nicht stimmen würde und Mutter stritt es immer ab. Er wollte nie ein Kind haben, brüllte er und stritt weiter, sie hätte ihm das nur untergejubelt. Sie sei ein Nichtsnutz, wie ihr Sohn. Es knallten die Türen, der Vater ging aus dem Haus und blieb manchmal einfach ein paar Tage weg. Dann tauchte er wieder auf und es gab wieder lautes Geschrei. Ben mochte das nicht hören, er hielt sich die Ohren zu und schüttelte mit dem Kopf hin und her oder schlug diesen aus Verzweiflung an die Wand. Eines Tages nahm sein Vater ihm die Hände vom Kopf weg und schrie ihn direkt an. Plötzlich tauchte ein sehr komisches Gefühl in den Ohren auf. Es rauschte und er bekam Schluckauf darin mit einem komischen Pfeifen dazu.

*

Der Junge ertaubte plötzlich und unvorhergesehen. Niemand konnte so genau sagen, woran es lag. Seine Mutter erzählte sicher nichts von den täglichen Streitereien zu Hause. Einige Ärzte vermuteten eine Maserninfektion, weil Ben ein paar Wochen vorher hohes Fieber hatte. Es könnte aber auch ein Hörsturz nach zahlreichen Mittelohrinfektionen gewesen sein, man war sich einfach nicht sicher. Gegen einen Hörsturz sprach die Tatsache, dass es beide Ohren gleichzeitig betraf.

Seine Eltern trennten sich. Papa wohnte nicht mehr zu Hause und Mama heulte jeden Tag. Irgendwann war er mit seiner Mutter für 4 Wochen in einem Krankenhaus in Hannover, es wurden unzählige Tests gemacht. Ständig saß er mit seiner Mutter Anna in einem Raum mit besonders dicken Türen und sah in erwartungsvolle Gesichter, die sich im Laufe der Zeit veränderten. Die netten Leute guckten und guckten und fuchtelten mit Spielsachen und Tieren umher oder zeigten auf komische Kästen im Raum. Es wurden ihm Dinge in die Ohren gesteckt und dann sah Ben seine Mutter wieder weinen. Sie nahm ihn ständig in den Arm und nickte immer eifrig, wenn Ärzte mit ihr redeten. Ben nahm dumpfes Rauschen wahr und seinen Schluckauf im Ohr. Seine Mutter musste anscheinend viel nachdenken und verzweifelte an etwas. Wie er später erfuhr, wurde wohl überlegt, ob er eines der ersten Kinder sein sollte, die ein Cochlear Implantat bekommen sollten. In Hannover gab es seit kurzem die ersten Operationen, eigentlich bei Erwachsenen. Es gab viele nette Schwestern und Ärzte dort. Ben sah immer, dass ihn die Leute im Krankenhaus anlächelten und nickten und auf seine Mutter einredeten. Diese schüttelte immer wieder mit dem Kopf und nahm ihn in den Arm. Ben wusste, dass er schuld daran war, dass seine Mutter so traurig war und wusste es einfach nicht zu ändern.

Ben hatte noch ein wenig Resthörvermögen und bekam Hörgeräte. Er konnte dumpf einige Geräusche wahrnehmen, aber hören, was die Leute drum herum redeten, das konnte er nicht mehr. Später besuchte er eine Schule in der Nähe mit dem Förderschwerpunkt Hören. Er wohnte so nah, dass er nach dem Unterricht mit dem Taxi nach Hause gebracht werden konnte. Viele seiner Mitschüler mussten im angegliederten Internat wohnen und durften nur an den Wochenenden nach Hause zu ihren Eltern. Ben lernte von den älteren Mitschülern die richtige Gebärdensprache. Whow, diese Kommunikation war schön, sie war elegant und stressfrei. Kein Lippenabgucken, kein Zusammenkneifen der Augen, weil die Sonne blendete, kein Abscannen aller Münder, welcher sich bewegen würde. Man konnte einfach eine Sprache sehen. Seiner Mutter zeigte er alles, was er gelernt hatte und es machte richtig Spaß. Sie gingen schwimmen, sie gingen sogar mal ins Kino und seine Mutter versuchte mit Händen und Füßen zu erklären, was in dem Film vorkam. Sie lachten viel gemeinsam und er sah seine Mutter traurig, wenn andere Menschen komisch auf ihn reagierten, weil seine Aussprache sich merkwürdig anhören musste. Ben akzeptierte es schnell und nahm andere Dinge wahr.

Die Menschen strahlten unterschiedliche Farben aus. Es lag manchmal wie ein Schimmer um sie herum. Ben suchte Wiederholungen und verglich sie mit der Mimik und dem Blickverhalten und welchen Alters sie waren. Er unternahm ein einziges Mal den Versuch, sich mit einem Kumpel darüber zu unterhalten, und dieser wusste nicht, wovon Ben sprach oder was er mit den Farben meinte. Klar trugen die Leute unterschiedliche Klamotten und zogen sich verschieden an.

*

Ben intensivierte dieses Sehen der Farben. Seine Mutter wurde häufig von einem blau- violetten Schimmer umgeben, während die ältere Dame mit ihren Hunden nebenan sehr oft in einem rot dominierten Schein aus dem Hause lief. Sie wirkte immer freundlich und voller Tatendrang, schon ihr Schritt hatte ein Tempo drauf, dass einer ihrer älteren, fettleibigen und sabbernden Hunde Probleme bekam, Schritt zu halten. Aber das interessierte sie weniger, sie erfreute sich am Spazierengehen.

Die Kunst- und Musiklehrerin Giessenbacher an der Hörgeschädigtenschule wurde wiederum des Öfteren von einer orangenen Hülle umgeben. Sie selbst spielte mit einigen älteren Schülern in einer Band und war am Saxophon oder der Posaune zu finden. Sie war immer gut und außergewöhnlich angezogen, wurde aber leicht hektisch, wenn es nicht so lief, wie sie es sich vorgestellt hatte. Sie bekam dann einen gestressten Blick, der nicht zu ruhen vermochte und zuweilen durchdringend und bohrend werden konnte.

*

Mama hatte einen Kumpel, nachdem Papa sie verlassen hatte, der war besonders interessant, weil er seine Farben zu wechseln schien. Der ihn umgebende Lichterglanz war von verschiedenen Dingen abhängig. Er änderte sich, wenn die Jahreszeit sich änderte, oder wenn er nur zum Aufpassen kam, weil die Mutter ausgehen wollte, wenn sie zu dritt etwas unternahmen oder wenn er nur auf eine Tasse Kaffee kam. Mehr noch: wenn er alkoholisiert war oder wenn er mit ihm alleine spielte, immer gab es Unterschiede in seinem Umgebungs-Lichterkranz. Ebenfalls hatte der Besuchskontakt seiner Kinder einen Einfluss auf die scheinenden Farben. Dieser Mensch war vielseitig, obwohl er fast immer die gleichen Klamotten trug und immer das gleiche Deo zu nutzen schien.

Seine eigene Farbe konnte Ben nicht sehen. Oft versuchte er sich darauf zu konzentrieren und schaute sich im Spiegel an, versuchte sich in Stimmungen hinein zu fühlen, aber es klappte nicht. Zu gerne würde er wissen, welche Farben ihn umgaben.

*

Eines Tages unternahmen sie einen Schulausflug zu einem Bauernhof und wurden von einer älteren Dame in Empfang genommen, die so hell erstrahlte, wie Ben es selten gesehen hatte. Aber auch sie veränderte je nach Situation oder Begegnung mit einer Person ihre Farbe. Manchmal schien sich die ihre mit der ihres Gegenüber zu vermischen. Dann hellte sie ein knalliges Rot zu einem Rosa auf oder ein dunkles Blau zu einem helleren. Im Laufe des Besuches holte sie einen Korb aus einer Kammer und die Kinder durften die Hühner füttern und nachsehen, ob sie Eier gelegt hatten. Die alte Bauersfrau schien es wenig zu interessieren, ob die Kinder gut oder weniger gut oder gar nicht hören konnten. Sie lenkte alle mit ihren freundlichen Blicken und zeigte, wie sie zu streuen hatten. Insgesamt sammelten sie zehn Eier ein, dann bekam jedes Kind ein eigenes Ei, das es mit nach Hause nehmen durfte. Großartig. Alle verabschiedeten sich und winkten der älteren

Dame beim Antritt der Heimfahrt freundlich zu. Sie hielt den Hahn des Hofes auf dem Arm und erstrahlte mit diesem zusammen in einer Helligkeit, dass es Ben fast blendete. Die anderen Kinder schienen dieses nicht zu sehen.

*

Es war der Tag nach Silvester, als ihr Freund Jahnke bei ihnen vorbeikam. Er klopfte Ben freundschaftlich auf die Schulter, gebärdete „guten Morgen und frohes....", den Rest hatte er wieder vergessen.

Ben gebärdete seinen Satz zu Ende ... „neues Jahr."

Er war Polizist und das war auch mehr oder weniger die Namensgebärde für ihn. Heute sah er ziemlich matt aus. Er wirkte sehr nachdenklich und er musste wieder getrunken haben. Das konnte Ben nicht nur riechen, sondern auch sehen. Sie setzten sich an den Küchentresen, der aus Massivholz Ulme gefertigt war und eine schöne, warme und dunkle Maserung aufwies. Das Holz eignete sich hervorragend als Frühstückstisch, da man die Kaffeeränder oder gegen Abend die Rotweinflaschenränder nicht sofort auf dem dunklen Holz sehen konnte.

Ben setzte sich meistens so hin, dass er seiner Mutter und dem Polizisten gegenübersaß, und dieses tat er auch jetzt. Ben hatte das Licht aus dem Fenster im Rücken, so dass es ihn beim Versuch von den Lippen abzulesen, nicht blenden würde. Es störte Ben schon lange nicht mehr, wenn er bei einer solchen Anordnung nicht alles verstehen konnte. Er und seine Mutter hatten die Abmachung, dass sie entscheiden durfte, wann sie für ihn Gespräche übersetzen wollte und wann nicht. Häufig ging es auch um Themen, die nur sie als Erwachsene betrafen, von denen Ben nichts mitbekommen sollte. Das waren die Momente, in denen Anna unbewusst und automatisch ihre Hand vor den Mund hielt, damit er nichts absehen konnte.

Heute ging es aber auch um Ben und es schien wirklich wichtig zu sein. Anna begann Ben in der Gebärdensprache zu erzählen, dass ihr Freund in dem Überfall auf den Schmuckladen die Ermittlungen führe und er seine Hilfe bräuchte. Sie hatten darüber bereits in der Zeitung gelesen. Der junge Mann, der sich beim Raubüberfall widerstandslos festnehmen ließ, könnte gehörlos sein. Jahnke war sich aber nicht sicher, irgendetwas passte nicht ins Bild. Er wollte Ben um seine Einschätzung und Hilfe bitten. Ob er bereit wäre mit ihm zusammen den Doppelmörder zu besuchen? Er könne es gut verstehen, wenn er dazu nicht bereit wäre und würde ein -Nein- sofort akzeptieren. Ben fand die Sache spannend und signalisierte seiner Mutter und Jahnke sofort, dass er sehr gerne mitkäme. Sie verabredeten sich für übermorgen im Präsidium. Dort wollte Jahnke ihm zunächst die Aufzeichnungen der versuchten Vernehmung vorspielen. Als Ben sich diese ansah, konnte er auf den Filmen nicht wirklich erkennen, ob der Mann gehörlos war. Er zeigte auf seine Ohren und verneinte und diese Gesten machte Ben ebenfalls, wenn er seiner Umwelt verständlich machen musste, dass er nicht hören kann. Jahnke fragte, ob es für ihn und Anna in Ordnung sei, wenn er einen Antrag stellen würde, Ben mit in die U-Haft nehmen zu dürfen. Dort könne Ben versuchen, sich mit dem Täter zu unterhalten. Beide willigten ein und Jahnke versicherte, dass genug Sicherheitsleute und er selbst dabei wären, damit nichts passiere. Dem Antrag wurde stattgegeben.

Ben und Jahnke gingen gemeinsam in den Besucherraum des Gefängnisses und dort saß er bereits am Tisch. Interessantes Farbspiel, dachte Ben und setzte sich gegenüber. Ben wartete einfach ab und versuchte eine warme Atmosphäre auszustrahlen, vielleicht spürte er das, es würde zu dem Farbspiel um ihn herum passen. Der Täter schaute auf und Ben ergriff die Gelegenheit, ihn in der Gebärdensprache anzusprechen. Das setzte den anderen ganz kurz unter Druck, dass konnte

Ben an der Veränderung des Farbspiels erkennen. Er fühlte sich erwischt, spürte aber, dass Ben es wohl gut mit ihm meinte und gab offen zu, dass er eigentlich nicht gehörlos sei. Er erzählte, dass er es als erholsam empfand, nicht kommunizieren zu müssen. So hatte er selbst das noch nie betrachtet. Ben spielte mit offenen Karten und sagte, dass er und seine Mutter mit dem Polizisten befreundet seien und der eine Vermutung hätte. Sie vereinbarten, dass Ben ihm erzählen durfte, dass er eigentlich hörte, aber nicht richtig lautsprachlich kommunizieren könnte.

*

Ben musste immer wieder an den jungen Mann im Gefängnis denken. Ein kalter Raubüberfall mit Doppelmord passte nicht, der Meinung war Ben. Er konnte nachvollziehen, dass Jahnke etwas störte bei der ganzen Geschichte. Einige Zeit später kam Jahnke nochmals mit der Bitte um Unterstützung. Ben sollte sich die Videoaufzeichnungen der Überwachungskamera aus dem Schmuckladen ansehen und versuchen, von den Lippen des Täters abzulesen, was er gesprochen hatte. Das war sehr anstrengend, zumal Ben das Thema nicht wusste, über das die beiden sich zu unterhalten schienen. Die Kenntnis einer solchen Information wäre sehr hilfreich beim Absehen vom Mund. Ben guckte immer wieder von Beginn an, bis er einige Wortfetzen aufschreiben konnte.

Ben bat darum, den Inhaftierten weiter besuchen zu dürfen. Für Ben war es erholsam, sich mit einer anderen Person in der Gebärdensprache auszutauschen, und er konnte ihm noch viele weitere Gebärden zeigen. Alle 14 Tage durfte er ihn für 90 Minuten besuchen, und sie übten die Gebärdensprache. Ingo K. erzählte Ben über seine Oma und seine Schwester, die Musikerin war und wie toll die Konzerte waren. Eine Welt, die Ben verschlossen blieb, das merkte in diesem Moment auch Ingo K.

„Du musst dir die Musik so vorstellen: Du sitzt in einem Boot und die Wellen, das Wasser und der Wind treiben dich einen Fluss entlang. Manchmal ist es langsam und gemächlich oder auch stürmisch und hektisch. Musik treibt, sie fließt, die Töne schwimmen in der Luft."

Seine Gebärdensprache wird immer eleganter, dachte Ben.

„Was möchtest du machen, wenn du später wieder frei bist?", fragte Ben.

„Ich möchte so werden, wie meine Oma, das kann man nicht beschreiben. Und ich werde hier anfangen, Kinderbücher zu schreiben. Du kannst doch bestimmt gut zeichnen oder? Gehörlose können das sicher, du siehst ja die Welt mit den Augen.“

„Klar kann ich malen und zeichnen. Sag Bescheid, wenn ich einen Weihnachtsmann oder irgendwelche buckeligen, widerlichen Monster malen soll.“

Beide lachten.

„Was möchtest du später einmal beruflich machen?“, fragte Ingo K.

„Tja, das ist nicht ganz so einfach, wenn man gehörlos ist. Entweder gehe ich in ein Berufsbildungswerk speziell für Hörgeschädigte, da kann ich die typischen Berufe, wie Maler, technischer Zeichner, Tischler oder sowas erlernen. Vielleicht kann ich mir auch ein paar Titten bauen und mich bei den Mädels reinschmuggeln. Dann hätte ich die Auswahl zur Hauswirtschafterin oder Näherin noch im Programm. Aber eigentlich möchte ich Abitur machen, dafür muss ich aber nach Essen gehen.“

„Was hindert Dich daran?“, fragte Ingo K. etwas verwundert.

„Ich müsste meine Mutter alleine lassen, das kann ich nicht. Wenn ich auch gehe, hat sie niemanden mehr. Ich kann schwer einschätzen, was dann passiert."

Ingo K. dachte lange nach: „Ich kann dich sehr gut verstehen, wenn man Angst um seine Familie hat. Das ist furchtbar. Wie geht es deiner Mutter denn jetzt? Hat sie eine Freundin?"

„Naja, nicht gut. Eigentlich geht es ihr schon lange nicht gut und eine Freundin habe ich schon ewig nicht mehr gesehen. Der einzige, der manchmal da ist, ist der Polizist."

„Was sagt er dazu?"

„Er weiß ja nichts und hat seine eigenen Sorgen. Er kommt eher, wenn mal etwas im Haus kaputt ist. Mittlerweile bin ich groß genug und brauche keinen Babysitter mehr. Früher traf meine Mutter sich manchmal mit einer Freundin, und dann kam Jahnke zum Aufpassen. Das Blöde ist ja, dass wir uns nicht richtig unterhalten können. Aufschreiben kann ich das nicht. Meine Mutter darf nie erfahren, dass ich mir Sorgen mache. Ich bin mir ziemlich sicher, dass sie meinetwegen so ein trauriges Leben führt. Wenn ich nicht behindert wäre, wäre alles so viel einfacher."

Ingo K. stutzte im ersten Moment, weil er sich eine Sekunde lang fragte, warum Ben behindert war.

„Ok, denkst du es geht ihr gut, wenn du bleibst?“

„Wenn du mich so fragst, nein, ich denke nicht. Es würde ihr auch schlecht gehen, wenn ich bleibe.“

„Ok Ben, dann geh nach Essen. Es ist eine Chance für deine Mutter, wenn du gehst. Änderst du nichts, ändert sie auch nichts.“

Eines Tages führte Ben seine Mutter in ein klassisches Konzert von Ingo K´s. Schwester aus. Ben musste doch mal ausprobieren, ob klassische Musik wirklich wie Boot fahren war. Ingo K. hatte ihm die Moldau von Smetana empfohlen und er behielt Recht. Die Bewegungen der Musiker, die Besucher des Konzertes, der Saal war umhüllt von gelb, blauem Glanz, der von hellen Wellen durchzogen wurde. Ben überlegte, Ingo K. von diesem Farben- und Wellenschauspiel zu erzählen. Vielleicht konnte er sich mit ihm darüber austauschen, was Ben neben all den anderen visuellen Begebenheiten sehen konnte.

Nach diesem Konzert erklärte Ben seiner Mutter, dass er nach Essen gehen wollte. Sie sagte nichts, sondern blickte ihn mit leeren Augen an.

Mit seinem Weggang nach Essen wurde sie immer depressiver. Ben kam freitags gegen späten Nachmittag in Oberursel an und fuhr am Sonntagnachmittag wieder zurück. Es gab Wochenenden, da kam sie nicht aus dem Bett. Sie trug tagsüber eine dunkle Sonnenbrille, eine Kapuze über den Kopf gezogen und verfügte über keinerlei Antrieb. Ben musste versuchen, sich von den Schuldgefühlen frei zu machen, dafür verantwortlich zu sein und sprach viel mit Ingo K. darüber. Er vertraute ihm alles an. Alles, wovon er glaubte, dass andere es nicht verstehen würden. Er sprach sogar die Farbspiele an, die er bei anderen Personen sehen konnte, wenn er wollte.

„Cool, dann kannst du ja die Aura von Leuten sehen. Hammer! Wie machst du das?“

Ben konnte diese Frage nicht beantworten, es war einfach da, aber nun hatte er ein Wort, welches er nachschlagen konnte. *-AURA-*

Er erzählte Ingo K. auch, dass er oft unsicher war, wenn hörende Leute ihren Blick abwendeten und er das Gefühl nicht los wurde, dass sie der Meinung waren, er sei bekloppt. Wie ihn manchmal der Mut verließ zu sprechen, wenn er doch wieder nur in entsetzte Gesichter schauen musste. Wie oft er beim Einkaufen böse angesehen wurde und man ihm signalisierte, etwas falsch gemacht zu haben.

Ingo K. sprach ihm wieder Mut zu.

„Dreh den Spieß doch um? Gebärde ganz freundlich und selbstsicher, sollen doch die hörenden Arschlöcher deine Sprache lernen. Ist doch viel einfacher für die, als für dich die Lautsprache zu lernen. Die sollen sich Dolmetscher bestellen, wenn sie was von dir wollen. Du hast doch auch das Recht, verstanden zu werden. Du kannst doch nicht immer deine Mutti mitnehmen, so wirst du dein schlechtes Gewissen und die Schuldgefühle nie los. Geh studieren nach deinem Schulabschluss, du kannst das. Ich schreibe mit dir zusammen die Anträge, wenn du Dolmetscher benötigen solltest. Ich habe hier genug Zeit."

Ingo K. hatte Recht, was nützt es, wütend oder unsicher zu sein? Die gleiche Energie sollte er lieber dafür aufwenden, zu überlegen, was er gerne später beruflich machen wolle. Das liebste wäre ihm eine Laufbahn bei der Kripo, so wie Jahnke. Er kannte keine gehörlose Person, die dieses bisher in die Realität umgesetzt hatte. Träumereien gab es unter den Gehörlosen viele. Der eine würde gerne Arzt werden, wieder ein anderer Pilot, und dann wurde geschmunzelt und gefragt, wie man denn gedenke mit dem Tower bei der Landung zu kommunizieren. -Bamm!- da war die Mauer wieder, gegen die sie ständig laufen mussten. Die Barrieren, und alles sprach von Integration.

Ingo K. nannte die Leute immer Schwermehrfachnormale, und er gebärdete es so flüssig. Das waren die, die Integration für die armen Behinderten forderten, aber selber die Barrieren in ihren Köpfen nicht aufzulösen im Stande waren.

Wie sollten sie es schaffen, dass Ben die Gelder für die Dolmetscher bekam, wenn er eine Ausbildung an der Polizeifachschule absolvieren wollte? Die Gebärdensprache war in Deutschland als Sprache überhaupt nicht anerkannt. Wie konnte er ein Recht einfordern für etwas, dass es eigentlich nicht gab?

*

Es war ein schöner Frühjahrsabend und Ben roch wieder die Blumen und fühlte sich in seine Kindheit zurückversetzt. Er erinnerte sich eigentlich eher an die schönen Momente, alles andere verdrängte er gerne. Plötzlich blitzte die Klingel auf, seine Mutter Anna lag bereits im Bett und schlief. Ben öffnete die Tür. Vor ihm stand eine junge Frau mit einem Zettel und einem Stift und lächelte ihn schüchtern an.

Sie hatte bereits auf ein Papier geschrieben: Mein Name ist Jenny, ich bin die Schwester von Ingo K. Darf ich reinkommen?

Ben nickte und bat sie mit einer Handbewegung, hereinzukommen und sich mit ihm in den Garten zu setzen. Da sie um seine Gehörlosigkeit wusste, musste er nicht mit Gesten darauf aufmerksam machen. Er schrieb und fragte, wie er ihr helfen könne. Jenny berichtete, dass sie sich einer teuren Behandlung hatte unterziehen müssen, die aber gut gegangen war und sie das Geld damals dafür geschenkt bekommen hatte. Das interessante war, dass es von dem Ehepaar kam, welche ihr Bruder bei dem Raubüberfall getötet hatte. Sie schrieb weiter auf, dass von diesem Geld noch sehr viel übrig sei. Als bekannt wurde, dass die Violoncellistin des Mainzer Sinfonieorchesters sich auf private Kosten behandeln lassen müsse, organisierten ihre Kollegen einen Spendentopf. Dieser Topf habe dazu ausgereicht, die Kosten der Behandlung zu tragen. Der Wunsch, den Herr Nussbaum in seinem Brief an sie zum Ausdruck brachte, war, dass nicht benötigte Mittel einem sozialen Zwecke dienlich werden sollten. Ihr Bruder Ingo K. habe ihr bei ihren Besuchen immer wieder von einem gehörlosen jungen Mann erzählt, der ihm die Bilder für seine Bücher male.

„Das bist du, richtig?"

Ben bejahte.

„Ist es richtig, dass du gerne eine Ausbildung an der Polizeifachschule machen willst, es aber an den Dolmetscherkosten scheitern könnte?"

Ben bejahte erneut.

„Ich möchte, dass du das Geld für deine Ausbildung bekommst und die Dolmetscher damit bezahlst."

Nach und nach begriff Ben, was Ingo K. mit dem Herrn Nussbaum wohl damals beredet haben musste, warum sollte das Ehepaar sonst für private Behandlungskosten der Schwester ihres Mörders aufkommen? Trotzdem erklärt es immer noch nicht, warum Herr Nussbaum erschossen wurde. Ben würde Ingo K. später bei Gelegenheit nochmal fragen.

Er traute seinen Augen nicht. Stand dort wirklich 100.000 DM geschrieben? Dass er so viel Geld für

Dolmetscher zur Verfügung hatte? Vielleicht konnte sein Traum wahr werden, das wäre unglaublich. Er hatte in dem Fall von Ingo K. bewiesen, dass er als gehörloser Mensch bei Ermittlungen durchaus Fähigkeiten hatte, die der Lösung von Fällen dienlich sein könnten. Auch wenn er in diesem Fall nur unzureichend zu der Lösung des Falles Nussbaum beitragen hatte. Ben verabredete sich mit Jahnke und erzählte seiner Mutter zunächst nichts von seinem Vorhaben. Mal sehen, wie er reagieren würde. Ben hatte sich gut vorbereitet und alles auf einigen Seiten Papier niedergeschrieben. Auch die Neuigkeiten und Möglichkeiten, mit Dolmetschern in eine Ausbildung zu gehen, die die Inhalte simultan übersetzen könnten. Ben studierte aufmerksam die Mimik von Jahnke, als er die Briefe von Ben durchlas. Es war leider wenig zu erkennen, auch seine AURA strahlte keine sachdienlichen Hinweise aus.

Jahnke machte der Wunsch von Ben, ein Polizist werden zu wollen, stolz und er fand ihn mutig. Vielleicht lag es sogar an der Verbindung zu ihm. Er würde ihn in jedem Fall bei seiner Bewerbung unterstützen und ihm ein Schriftstück anfertigen, welches seine Mitarbeit im damaligen Fall beschrieb. Für die sportliche Ausbildung würde er keine Dolmetscher benötigen, und wie es später im Berufsalltag zu gestalten sei, müsste man dann sehen. Sicher gäbe es einen Bereich, eine Spezialeinheit, in der man Fertigkeiten, wie Ben sie mitbringen würde, dringend brauchte. Irgendwie beschämend, dass die heutige Gesellschaft immer noch den Fokus auf Dinge legte, die jemand nicht konnte. Bei Ben war es das Hören, dass er aber über eine weitaus bessere Verarbeitung von visuellen Informationen verfügte, wurde gerne hintenangestellt oder gar nicht wahrgenommen. Jahnke würde in jedem Fall das Vorhaben unterstützen.

*

Der nächste Besuch hinter schwedischen Gardinen stand an. Ben war immer wieder erstaunt, was für lustige Redewendungen die Hörenden benützten. Mittlerweile verfügte er über ein richtiges Lexikon. Ingo K. schrieb die Redewendungen auf und erklärte Ben, was diese zu bedeuten hatten, und er selbst malte lustige Bilder dazu.

„Warum hast du damals auch den Mann erschossen?“, schüttelte er plötzlich aus seinen Händen.

Ingo K. dachte lange nach, die Farben um ihn herum veränderten sich dabei, bis er plötzlich von einem ähnlich strahlenden Weiß umgeben war, wie damals die alte Bäuerin mit dem Hahn auf dem Arm.

Ingo K. lächelte und sagte: "Weißt du Ben, das kann ich dir nicht sagen, ich habe es versprochen. Aber ich bin nicht so böse, wie viele Menschen denken. Ich wollte eigentlich immer nur helfen, mehr nicht."

Anna

Der Himmel ist klar, es ist eine bitterkalte Vollmondnacht. Nun wird es nicht mehr lange dauern und die Menge zählt wieder rückwärts. Die letzten Besucher strömen noch aus den kleinen verwinkelten Seitengassen auf den Platz. Dann ist es kurz vor Mitternacht, und plötzlich beginnt die Menge zu zählen: 10,9,8,7,6,5,4,3,2,1!!!

Die Musik von Händel ertönt und das Feuerwerk erhellt den Platz. Der Vollmond ist nicht mehr zu sehen.

*

Anna sucht nach der Hand ihres Sohnes und drückt leicht zu. Es bekümmerte sie immer wieder, wie einsam dieser Junge sein musste. Die Händelmusik war jetzt zwar nicht besonders schön ihrer Meinung nach, aber sie konnte es selbst bestimmen, weil sie hören konnte. Ihr Kind nicht. Silvesternächte wie die heutige, in denen sie sich mit ihm in Menschenmassen bewegen musste, waren ihr immer ein Gräuel. Die Angst, ihn zu verlieren und dass er sich dann nicht verständigen konnte, war immens und doch musste sie den Mut aufbringen. Es war sein Wunsch, das Feuerwerk sehen zu dürfen. Diesem Wunsch wollte sie nachkommen, immerhin hatte sie sich damals gegen ein Cochlear Implantat entschieden. Wer weiß, vielleicht wäre alles gut gegangen und er hätte heute mit ihr hier stehen können, und die Musik hören können. Es war schon eine Last. Alles, was den Jungen betraf, musste sie selbst und allein entscheiden. Nie konnte sie sich zurücklehnen, sie musste Vater und Mutter sein, sie musste alleine damit zurecht kommen, weil andere Mütter sie bemitleideten, dass sie einen behinderten Sohn hatte. Sie hasste diese Blicke der anderen. Die wenigsten brachten den Mut auf, sie zu fragen oder Interesse zu zeigen. Immerhin war die Gebärdensprache eine schöne, elegante Sprache. Wenn sie sich vorstellte, was für ein intelligenter Junge Ben in seiner Sprache war und wie behindert und dämlich er wirkte, wenn er sich mit der Lautsprache abmühen musste. Da lagen Welten dazwischen.

Von ihrem Ehemann wurde sie verlassen, weil sie einen behinderten bzw. überhaupt einen Sohn zur Welt gebracht hatte. Bis heute war Anna der Meinung, dass er bei der Geburt ein völlig normaler Junge war und durch seinen Vater behindert gemacht wurde. Aber sie bekam die Schuld an allem.

*

Sie war 29 Jahre alt und wollte mit ein paar Freundinnen in ihren 30. Geburtstag hineinfeiern. Die Mädels takelten sich richtig auf, und bis auf eine waren alle bereits vergeben. Sie fuhren mit der Straßenbahn nach Frankfurt, hatten sich reichlich Sekt mitgenommen und wollten unterwegs etwas essen. Es sollte weiter bis nach Sachsenhausen gehen. Es gab immerhin die Sperrstunde hier und um spätestens zwei Uhr machten alle Kneipen zu. Die jungen, hübschen Damen machten sich deswegen rechtzeitig auf den Weg. Das erste Ziel war das „Gemalte Haus", eines der ersten Äpplewoikneipen in dieser Region. Leicht beschwipst und laut lachend fielen sie ein und wurden nach ihrer Reservierung gefragt. Diese hatten sie natürlich nicht, davon ausgehend, dass genügend Platz für 5 Frauen vorhanden sei. Heiter waren sie im Begriff, wieder von dannen zu ziehen, als sie von einem äußerst attraktiven Mann angesprochen wurden. Sie dürften sich gerne mit zu ihm an den Tisch setzen, sie rückten einfach alle etwas enger zusammen. Anna war hin und weg, sie konnte sich an der Schönheit dieses Mannes gar nicht satt sehen. Er stellte sich als Peter vor und seine Freunde hießen Kay und Theo. Theo meinte, er sei Aufschneider, dieser Spruch kam zunächst nicht besonders gut bei den Damen an. Aber wie sich später herausstellte, war er von Beruf Chirurg. Kay und Peter führten gemeinsam eine Rechtsanwaltskanzlei in Frankfurt.

Was die Frauen so an beruflichen Werdegängen nachzuweisen hatten, schien von keinem Interesse zu sein. Der Alkohol floss, die Truppe wurde immer lustiger und dann wurde es Mitternacht. Die Freundinnen hatten vorher heimlich gepetzt, dass Anna heute Nacht 30 Jahre alt werden würde. Plötzlich zählte die Menge im Lokal 10,9,8,7,6,5,4,3,2,1 und dann grölten alle – „Happy Birthday to you, happy Birthday to you, happy Birthday, liebe Anna, happy Birthday to you!!"- Die Mädels fielen ihr um den Hals, und dann kam Peter. Er nahm zärtlich ihr Gesicht in seine großen, warmen Hände und küsste sie sanft. Anna schmolz dahin, ihre Knie wurden ganz weich, obwohl sie von innen zu explodieren schien. Eigentlich wollte sie gar nicht weiter mit ihren Freundinnen feiern, sie wollte nur noch in den Armen dieses Mannes liegen. Kurz nach 1 Uhr verabschiedete sich Tanja mit dem Aufschneider, sie seien unheimlich müde und würden sich auf den Heimweg machen, der zufällig in der gleichen Richtung läge. Der Rest feierte weiter, wobei Peter und Anna eher mit dem Austausch von Speichelflüssigkeiten beschäftigt waren. Die Sperrstunde näherte sich, Kay hatte sich derweil Sandra geangelt, und Ellen und Ulrike wollten mit dem Rest der Sektflaschen im Rucksack noch an den Main ziehen. Anna blieb höflich ihren Freundinnen gegenüber und war deshalb derselben Meinung.

“Mädels, ich komme mit!“, wobei von beiden das gestische Signal ausging – Ne, Ne Madame, bleib mal bei diesem schönen Mann.

Das liebte sie an ihren Freundinnen. Peter wollte Anna noch die Sterne zeigen, kaufte eine Flasche Wein, klaute zwei Gläser und nahm sie an die Hand.

„Wo gehen wir hin?“, fragte Anna.

“Lass Dich überraschen, mein Täubchen“, entgegnete er.

Und dann liefen sie durch die Gassen, vorbei am „Frau Rauscher Brunnen“ und weiter in die Dunkelheit hinein. Anna schwebte auf Wolke sieben und ließ sich mitreißen. Irgendwann erreichten sie den Goetheturm. Anna hatte ihre Schuhe längst ausgezogen und war barfuß weitergelaufen. Sie legten sich nebeneinander auf die Wiese und schauten in die Sterne. Peter küsste Anna ganz weich und sanft, seine Hand suchte den Weg unter ihre Bluse. Annas Puls schien durch den Hals zu springen, so sehr erregte sie die Berührung. Ihre Hand fand ziemlich direkt den Weg zu seiner Hose. Groß, steif und sehr hart, sie streichelte von außen darüber und öffnete beinahe unbewusst ihre Schenkel. Peter hauchte ihr die Frage ins Ohr, ob sie die Pille nehmen würde.

Anna hauchte zurück: „Jjaaa selbstverständlich."

Beide zogen sich aus und fielen übereinander her. Das war der schönste Abend in ihrem ganzen Leben. Anna hätte nie geglaubt, dass sich ein so gutaussehender Mann nur für sie interessierte und ihr die Sterne vom Himmel zu holen schien! Was für ein schönes Geburtstagsgeschenk. Anna nahm die Pille gar nicht, sie vertrug sie nämlich nicht, aber das verschwieg sie und behielt es für sich. Sie zählte ihre Tage und wusste, wann es aufzupassen galt.

Die Beziehung zu Peter war zwar nicht immer einfach, aber Anna war stolz, dass dieser angesehene Anwalt sich mit ihr abgab. Sie musste nicht mehr arbeiten gehen und brauchte sich nur noch um den Haushalt und den Garten zu kümmern. Regelmäßig durfte sie ihn als schöne Dame auf Empfänge begleiten. An dem Tag, als er seine notarielle Fachprüfung bestand, machte Peter ihr einen Heiratsantrag. Anna war so überglücklich und rief nach langer Zeit ihre Freundin Tanja wieder an. Die klang am Telefon etwas reserviert, aber das mochte daran liegen, dass Anna diese die letzten zwei Jahre ziemlich vernachlässigt hatte. Anna war damals relativ schnell zu Peter nach Oberursel in ein wunderschönes Haus direkt am Waldrand gezogen. Keines ihrer Mädels hatte damals verstanden, dass sie ihren guten Job als Bankangestellte aufgeben hatte, um sich in die Abhängigkeit eines Mannes zu stürzen.

Peter würde sie auf Händen tragen, entgegnete sie dann, und sie hätte sogar ihr eigenes Konto von ihm bekommen.

„Vielleicht seid ihr alle nur neidisch!"

Dass Peter ihr das Konto auch mal sperrte, wenn sie sich seiner Meinung nach falsch verhalten hatte oder sich eigenmächtig etwas Neues an Kleidung kaufte, das verschwieg sie. Peter wollte ja nur das Beste für sie und deswegen immer dabei sein, wenn sie sich ein neues Kostüm zulegen wollte. Selbst die Unterwäsche kauften sie gemeinsam. Anna lernte viel in dieser Zeit, wie man sich richtig bewegen musste, wie man das Besteck zu halten hatte, dass man immer gerade sitzen musste und wie man Small Talk mit den anderen Damen oder auch Herren hielt.

Die Hochzeit war ein berauschendes Gartenfest, es mangelte an nichts. Anna war eine bezaubernde Braut und sogar ihre Freundinnen von früher waren gekommen. Viel Familie hatte Anna nicht mehr, nur einen Bruder, der in Holland lebte und zu dem sie keinen Kontakt hatte. Der Rest der Gäste waren Freunde, Arbeitskollegen und berufliche Kontakte von Peter. Nun durfte sich Anna endlich auch „van Arfden“ nennen. Wer hätte das gedacht, dass sie einmal als einfaches Mädchen einen Namen tragen darf mit „van“.

Das Fest ging in den frühen Morgenstunden zu Ende, die Hochzeitsgäste wurden von einem Service zurück nach Hause oder in ihre Hotels chauffiert. Nun stand die Hochzeitsnacht an. Eigentlich sollte Anna sich darüber freuen, aber sie hatte sich in der Vergangenheit nicht getraut Peter zu sagen, dass sie die Pille gar nicht nahm. Kondome vertrug er angeblich nicht. Und gerade heute war sie inmitten ihrer fruchtbaren Tage. Peter wollte keine Kinder, das hatte er zu Beginn ihrer Beziehung klargestellt, und sie akzeptierte es. Anna spielte die betrunkene, die sich übergeben musste, weil sie zu viele der leckeren Cocktails hatte. Dann versuchte sie die Nummer mit den Kopfschmerzen und Bauchschmerzen. Peter blieb hartnäckig und wurde langsam ungnädig, bis er sie anbrüllte. Sie solle sich gefälligst ausziehen. Was wäre er für ein Mann, der seine Ehefrau in der Hochzeitsnacht nicht vögeln dürfe. Das hätte sie nun wirklich nicht zu entscheiden.

Anna lag hellwach da und fühlte sich schmutzig und elend. Peter schnarchte und stank nach Alkohol und Zigarillos. Sie horchte immer wieder in ihren Körper hinein, ob sich irgendetwas verändere. Es tat sich nichts, vielleicht hatte sie Glück. Sollte sie Tanja anrufen oder sich mit ihr treffen und ihr davon erzählen? Nein das konnte sie nicht. Die Mädels wussten, dass Anna sich eigentlich immer Kinder gewünscht hatte und wenn sie erzählen musste, dass Peter keine wollte, würden die Diskussionen wieder anfangen. So konnte sie immer noch sagen, dass es einfach nicht klappte mit dem Schwanger werden. Anna behielt es für sich und schaffte es eine Weile alles zu verdrängen.

Irgendwie spannte ihre Brust und wurde größer, auch ihrem Ehemann fiel es auf. Er fragte im Scherz, ob sie sich zu seiner Freude mal etwas Sinnvolles wie Brustimplantate zugelegt hätte. Aber Anna hatte eine Befürchtung. Nun musste sie sich einen anderen Gynäkologen suchen, mit ihrem war ihr Mann befreundet. Es wäre fatal, wenn sie nun schwanger wäre und Peter es über diesen Weg erführe. Sie guckte im Telefonbuch nach einer Ärztin in Frankfurt und vereinbarte einen Termin in einer Zeit, in der ihr Mann zunächst in Hamburg und dann in Berlin auf Kongressen war und sicher die nächsten 10 Tage nicht zurückkehren würde.

*

Sie betrat die Praxis, das Herz schlug ihr bis zum Hals. Sie war so nervös und zitterte, als sie unterschreiben musste, dass sie privat versichert sei und ihren Namen und ihre Adresse hinterlegen sollte. Normalerweise gingen alle Arztrechnungen über das Büro von Peter. Er wusste alles über sie, sie war gläsern. Er hatte Zugriff auf ihr Konto, er bekam alle detaillierten Arztbefunde zu sehen, einfach alles. Manchmal schaute er abends sogar nach, mit wem sie telefoniert hatte und wollte dann wissen, was besprochen wurde.

Zunächst musste sie in einen Becher pinkeln. Dann versah sie diesen mit ihrem Namen und stellte ihn im Nebenraum auf einem Tresen ab. Es wurde ein Streifen hineingestellt und ein Schwangerschaftstest gemacht. Dieser Test fiel positiv aus. Die Gynäkologin gratulierte Anna zur Schwangerschaft. Anna wusste in diesem Moment nicht, was daran positiv sein sollte. Sie wurde weiter untersucht Es sähe alles gesund und munter aus. Sie sei in der 14. Schwangerschaftswoche. Auf dem Ultraschall sah man deutlich das kleine Herz pulsieren. Anna heulte los und alle gingen davon aus, dass es sich um Freudentränen handelte. In dem Glauben ließ sie sowohl die Ärztin als auch die Helferinnen. Sie fuhr nach Hause und vergrub sich unter der Bettdecke. Er würde erst in einigen Tagen nach Hause kommen. Was sollte sie tun? Peter würde sie dafür verprügeln, da war sie sich sicher. Abtreiben war zu spät, und das konnte sie auch nicht. Sie hatte das kleine Herz schlagen sehen. Das wichtigste war es nun, dass sie die Post abfangen musste wegen der Arztrechnung. Und sie musste sich überlegen, wie sie die bezahlen wollte. Eine Überweisung von ihrem Konto zu tätigen war unmöglich. Eigenes Einkommen hatte sie nicht. Sie müsste eines der kostbaren Schmuckstücke veräußern, die Peter ihr jedes Mal schenkte, wenn er ihr in einem Wutanfall eine Ohrfeige gab. Wenn er sie sich einfach nahm, obwohl sie keine Lust auf Sex hatte, bekam sie wieder ein teures Geschenk. Anna suchte einen Ring aus, den sie schon lange nicht mehr trug, weil etliche danach kamen und weil Peter meistens mehr auf ihren Hals als auf ihre Hände schaute.

Sie packte den Ring ein und fuhr nach Frankfurt zu einem kleinen Schmuckladen. Sie wurde äußerst zuvorkommend von einem sehr netten Ehepaar begrüßt.

„Können wir Ihnen behilflich sein, gnädige Frau? Suchen Sie etwas Spezielles?“

„Vielen Dank, aber nein, ich suche nichts. Eigentlich wollte ich Sie fragen, ob Sie auch Schmuck in Zahlung nehmen würden?“

„Normalerweise kaufen wir nur Gold an. Darf ich fragen, welche Art von Schmuckstück Sie zu veräußern gedenken?“

„Ja sehr gern. Es ist ein Ring aus Weißgold mit einem ovalen Smaragd und runden Diamanten. Er war sehr teuer. Ich trage aber nicht so gerne teuren Schmuck und habe so viel geschenkt bekommen.“

„Oh, gnädige Frau, der Ring ist wunderschön verarbeitet, er ist sicher 5.000 DM wert, aber den können wir nicht in Zahlung nehmen. Verzeihen Sie bitte diese Unpässlichkeit.“

So ein Mist, dachte Anna, wo könnte ich denn noch hingehen? In der Pfandleihe bekam man nichts für so einen wertvollen Ring. Sie bedankte sich und ging enttäuscht aus dem Laden des Ehepaars Nussbaum. Dabei hätte sie fast eine andere Frau umgerannt, die hinter ihr stand.

„Verzeihung, ich habe Sie nicht gesehen!“

„Das ist überhaupt nicht schlimm, mein Kind. Ich werde oft übersehen“, lächelte die Dame sie an.

Anna setze sich auf die nächste Bank und überlegte, was sie nun tun sollte. Sie roch in den Nachmittag hinein, die Luft in Frankfurt war ganz anders als bei ihr zu Hause in Waldrandnähe. Sie musste zurück, hier in der Großstadt konnte sie nicht klar denken, die Luft drückte ihr auf den Schädel. Anna machte sich auf den Weg zur S-Bahn-Station, als plötzlich diese Dame aus dem Schmuckladen wieder auftauchte.

„Ich habe gehört, dass Sie einen wunderschönen Ring verkaufen möchten. Ich könnte Ihnen vielleicht behilflich sein. Wissen Sie, ich suche noch ein Geschenk für meine Nichte zu einer bestandenen Prüfung. Und ich denke, dass Sie die gleiche Fingergröße haben."

„Das wäre so wunderbar", brachte Anna ganz euphorisch heraus.

„Nun, ich benötige eine Woche, damit ich heimlich einen Ring von meiner Nichte besorgen kann, um zu schauen, ob er passt."

„Selbstverständlich, kein Problem, eine Woche kann ich noch warten."

„Und ich hätte noch eine außergewöhnliche Bitte, ich hoffe, Sie lachen mich nicht aus. Sie müssten mir bei einem Rätsel behilflich sein. Ihr jungen Leute seid besser darin, als ich."

Anna sah sie verwundert an, aber warum nicht.

„Ich habe hier einen Stein und muss binnen sieben Tagen ein Wort finden, welches vier Buchstaben hat, an Kirchen zu finden ist und zu diesem belanglosen, grauen Stein passt. Nehmen Sie ihn ruhig mit. Wir treffen uns in einer Woche wieder. Bis dahin wünsche ich Ihnen beiden alles Gute."

*

Anna drehte sich um, aber dort stand niemand. Warum sagte die Frau „Ihnen beiden", wen meinte sie denn noch? Als Anna fragen wollte, wo sie sich treffen würden, war sie bereits verschwunden. Sie sah sich den Stein an. Was sollte daran so besonders sein, es war ein dreckiger, kleiner Stein, den man überall finden konnte. Anna wollte ihn zu Hause erstmal einmal säubern und polieren, möglichweise verbarg sich etwas Interessantes unter dem Dreck.

Er war nicht rund, wie die meisten Steine und glitzerte auch nach mehrmaligem Waschen und Polieren nicht. Er hatte einige Ecken und ein Stück war herausgebrochen? Nein es sah aus, als sei ein Loch in dem Stein. Anna holte schnell eine Nadel und tatsächlich, der Stein hatte ein winzig, kleines Loch. Anna guckte alle Bücher durch, die in den Regalen an der Wand in Reih und Glied standen, aber kein einziges Exemplar befasste sich mit Steinen oder Mineralien. Sie rief Tanja an, sie war sehr belesen und ging gerne in die Berge zum Wandern. Sie kannte sich bestimmt ein bisschen aus oder verfügte über ein Buch. Die beiden trafen sich in einem kleinen Café und durchforsteten die vier Bücher, die Tanja mitgebracht hatte.

„Ich freue mich, dass du dich wieder für so banale Dinge wie Steine interessierst, auch wenn es kein Diamant ist. Das ist toll Anna. Ich habe dich sehr vermisst in den letzten Jahren."

Sie umarmten sich und Anna vergaß sogar, dass sie eigentlich ein schwerwiegendes Problem hatte. Plötzlich schrie Tanja auf.

„Ich hab´s. Wir Idioten gucken immer in den Bergen. Nein das ist ein Stein, der häufig an der Nord- und Ostsee vorkommt. Das ist ein sogenannter Hühnergott! Schau mal, das kleine Loch. Viele Völker und Kulturen weisen ihm eine gewisse Magie zu. Er soll vor bösen Geistern schützen. Schau, das steht alles hier in diesem kleinen Absatz."

Anna war aufgeregt. Sie wollte unbedingt das Rätsel lösen, um der älteren Dame den Gefallen zu tun. Sie wäre sicher dann bereit, ihr den Ring abzukaufen. Anna musste nur noch beten, dass er mit der Fingergröße der Nichte übereinstimmte.

*

Abends grübelte Anna weiter nach einem Wort mit vier Buchstaben. Doch immer kreisten ihre Gedanken um das Wort Hühnergott und Kirche und vier Buchstaben. Thor passte zwar zu Hühnergott und hatte die richtige Anzahl an Buchstaben, war aber eine nordische Gottheit und nicht wirklich an Kirchen zu finden. Der Tag rückte näher, ohne dass sie das Lösungswort kannte. Anna wusste noch nicht einmal, in welche Richtung sie denken sollte. Geschweige denn, wo sie sich wiedertreffen wollten. Anna fuhr instinktiv zurück zu dem Ort, an dem sie ihr den Stein übergab. Sie lief an einer Kirche vorbei, die in diesem Moment zu läuten begann. Anna schaute Richtung Kirchturm und plötzlich wusste sie das richtige Wort mit vier Buchstaben, welches zu diesem Stein passte.

*

Die Dame saß auf der Bank und lächelte ihr entgegen.

„Schön, dass Sie gekommen sind. Ich habe einen Ring meiner Nichte dabei und bin in freudiger Erwartung, ob er passt und ob Sie das Wort gefunden haben, nachdem ich suchte."

Anna strahlte, streckte ihr die Hand entgegen und sagte: „Es ist der Hahn, gnädige Frau. Der Stein ist ein unscheinbarer Stein, aber viele Menschen glauben, dass er Magie besitzt. Es ist ein Hühnergott. Und der Gott der Hühner, den es auch häufig bei Kirchen zu finden gibt, ist der Hahn. Er sitzt bei den Kirchen oben auf der Spitze."

„Ich danke Ihnen so sehr. Warum ich da nicht von selbst drauf gekommen bin", erwiderte sie freundlich.

Und während sie Anna den passenden Ring über den Finger streifte, erzählte sie über die Symbolik des Hahns, der einen weckte, der einen vor Verrat und bösen Dingen schützte. Der Hahn war ein wachsames Tier.

Jesus erwähnte bereits im Markusevangelium: "Seid also wachsam! Denn ihr wisst nicht, wann der Hausherr kommt, ob am Abend oder um Mitternacht, ob beim Hahnenschrei oder erst am Morgen."

Bei diesem Zitat erschrak Anna. Peter würde morgen wieder heimkehren.

„Ich kaufe Ihnen den Ring gerne ab. Wir können gleich zur Bank gehen, wenn Sie mögen."

Zum Abschied gaben sie sich die Hand, Anna fühlte den Stein und die Dame sagte: „Behaltet den Stein, er soll Euch beschützen."

Wusste sie, dass sie schwanger war oder warum benützte sie erneut den Plural, obwohl Anna ihr alleine gegenüberstand?

*

Seit Peter wusste, dass er Vater wurde, war die Ehe die Hölle. Anna hatte es ihm bei einem Empfang in München erzählt, weil sie wusste, dass er in der Öffentlichkeit und in Hotels immer den lieben, treuen Ehemann mimte und sie nicht gleich verprügeln würde. Waren Sie zu Hause, ignorierte er sie oder sprach sie mit Hure, Fotze, Bedienstete oder anderen erniedrigenden Beschimpfungen an. Anna zog sich immer mehr in sich zurück, begleitete ihren Mann nicht mehr und war froh, wenn er weg war. Dann suchte sie den Weg zu Tanja, aber nicht, um ihr die Wahrheit über Peter zu erzählen, sondern um sich abzulenken und ihr eine überglückliche, schwangere Frau vorzuspielen. Das war manchmal wahnsinnig anstrengend, glücklich zu spielen, obwohl sie sich innerlich leer und einsam fühlte. Irgendwann kam ihr Sohn Ben auf die Welt. Peter war natürlich nicht zugegen, sonst hätte sie nie im Leben ihre Beine geöffnet, um dieses Kind zu gebären.

Eigentlich hätte sie sich über die Geburt ihres Sohnes freuen müssen, aber das konnte sie nicht. Jeden Tag weinte sie und verstand die Welt nicht mehr. Es gab sogar Tage, an denen sie das Baby nicht ansehen konnte und sich alleine ins Zimmer zurückzog und nur hervorkroch, wenn er so laut schrie, dass es nicht zum Aushalten war.

Eines Tages klingelte es unangemeldet an der Tür und Tanja stand davor.

„Wie siehst du denn aus? Und warum ist es überall so dunkel im Haus am helllichten Tag und wie sieht es hier überhaupt aus? Wo ist das Baby?"

Es war ihre Freundin, die sie zum einem Therapeuten schliff, weil sie unter einer postnatalen Depression litt. Nach und nach lernte sie sich auf ihr Kind einzulassen. Belastend blieb die Ehe mit Peter. Er schrie sie und das Kind immerzu an, es hörte nicht auf. Eines Tages brüllte er dem Kind so doll ins Gesicht, wobei er ihm vorher die Hände von den Ohren nahm, dass mit Ben irgendetwas passierte in diesem Moment. Der Junge reagierte seitdem nicht mehr, er wirkte wie versteinert. Anna beobachtete sehr besorgt, dass er auf das Schreien und Brüllen seines Vaters nicht mehr zu reagieren schien. Er hielt sich nicht mehr die Ohren zu. Der kleine Mann spielte ungeachtet jeglichen Radaus einfach weiter.

Das Rufen seines Namens lockte keine Reaktion hervor, und auch das Knistern mit Bonbonpapier nicht. Anna ging mit ihrem Sohn zum Ohrenarzt und bekam sehr schnell eine Überweisung in die Klinik Hannover.

Dort wurden sie stationär aufgenommen und durchliefen zahlreiche Testungen. Die Ursache der plötzlichen Ertaubung konnte sich auch dort niemand hundertprozentig erklären. Bei allen auditiven Tests versagte Ben kläglich. Er hörte einfach nicht mehr. Die Ärzte erklärten ihr, dass es eine neue Art des Implantats gäbe. Ein sogenanntes Cochlear Implantat. Man würde am Kopf einen Schnitt hinter dem Ohr machen und ein Loch in den Knochen fräsen. Von dort aus wurden Elektroden durch das Mittelohr weiter bis in das Innenohr verlegt. Diese Elektroden nehmen Kontakt zu dem Hörnerv auf. Nach einer längeren Heilungsphase wurde dann ein Sprachprozessor angepasst, der wiederum die Außengeräusche in elektrische Signale umwandelte und diese an den Hörnerven weiterleitete. So konnte ein gehörloser Mensch das Hören erlernen. Die Operation wurde gerade bei den ersten Erwachsenen erfolgreich durchgeführt.

Anna hatte Angst. In diesem Moment wünschte sie sich einen Vater für Ben, der Verantwortung mittragen würde. Leider blieb es an ihr ganz alleine hängen. Sie entschied sich gegen diese Operation, weil die Sorgen der Risiken überwogen.

Peter hatte wohl irgendwann eine neue Frau kennengelernt. Er war wochenlang nicht nach Hause gekommen, und statt sich für die Gesundheit seines Sohnes zu interessieren, verlangte er die Scheidung. Anna stimmte sofort zu, sie wollte keine weitere Baustelle.

Sie durfte mit Ben dort wohnen bleiben oder, um es mit seinen Worten auszudrücken: „Du kannst mit dem Scheißbalg hier im Haus bleiben, in diesen verseuchten Wänden würde ich nie wieder wohnen wollen", und dann sahen sie sich nie wieder.

*

Eines Tages entdeckte ihr Sohn Ben beim Spielen eine kleine Holzschachtel, in der er ein Stein fand. Er raste zu seiner Mama und gestikulierte, dass er daraus eine Kette machen könnte. In dem Stein war ein Loch. Sie gebärdete ihm, dass sie zusammen daraus sogar ein Collier machen könnten. Die Gebärden von Kette und Collier waren zwar gleich, unterscheiden sich aber darin, dass man bei letzterem einen pikierten Mund formte, wie eine feine Dame und die Stirn etwas kräuselte. Sie hingen auch noch einen Ring daran. Es war der Ring von der Nichte der Dame aus dem Schmuckladen damals. Wie es ihr wohl gehen mochte?

Ben besuchte irgendwann eine Schule für Hörgeschädigte. Er schien die Zeit ohne seine Mutter zu genießen, und dass sie zu Hause, entgegen der Empfehlungen der Lehrer, nur in der Gebärdensprache kommunizierten, behielten sie als Geheimnis. Anna konnte die Zeit mit ihrem Sohn Ben in guten Momenten genießen, wenn sie alleine waren. Sobald sie sich mit ihm in die Öffentlichkeit begeben musste, verspannte sie. Beim Einkaufen, wenn Ben versuchte sie zu rufen und die Laute aus seinem Mund wie das Rufen eines Bullen klangen, dann wurden sie wieder angeschaut. Oder wenn sie nicht einer Meinung waren und Ben anfing, wütend zu sein und wild gestikulierend mit lauten Geräuschen auf sie einredete, dann schüttelten die Leute mit dem Kopf. Einmal wollte ein Mann sie sogar retten vor diesem widerlichen Behinderten, bis sie erklärte, dass es ihr Sohn sei und er nicht hören und nicht richtig sprechen konnte. Sie verabscheute diese Momente, wo sie sich für ihren eigenen Sohn schämte, weil sie angestarrt wurden. Die Menschen um sie herum starrten oder guckten bewusst weg. Niemand kam und fragte, wie er hieß.

Mutige trauten sich Sätze wie: “Ist er behindert?“ oder „Ach Sie Arme, ist nicht einfach mit so einem behinderten Kind, oder?“

Wenn diese gottverdammten Arschlöcher die Gebärdensprache lernen würden, dann wäre Ben nicht behindert!!!! Und sie wäre nicht Mutter eines behinderten Kindes!

Wenn Anna sich mit Tanja abends auf ein Glas Wein treffen wollte, kam Jahnke. Das war ein befreundeter Polizist. Dem war es egal, er nahm ihren Jungen so wie er war und ärgerte sich sogar manchmal, dass er ihm keine Bücher vorlesen konnte. Ben zeigte ihm einige Gebärden und mit Händen und Füßen kamen die beiden gut zurecht. Jahnke war auch geschieden und wirkte häufig unglücklich. Eine Beziehung war für beide undenkbar. Sie hatte die Schnauze voll von Männern und er hatte sich einer anderen Leidenschaft zugewandt: dem Alkohol. Anna wusste, dass er krank war. Es änderte aber nichts an der Tatsache, dass er ein feiner Kerl war, auf den sie sich immer verlassen konnte. Er stellte nie blöde Fragen oder kam unangekündigt vorbei. Er war einfach da, wenn sie jemanden zum Aufpassen brauchte oder einen Hausmeister benötigte.

Eines Tages rief er an und bat Ben und sie um Hilfe in einem ungewöhnlichen Fall. Es sei nicht eindeutig, ob der gefasste Täter gehörlos sei oder dieses nur vorspiele. Ob sie einverstanden wäre, wenn Ben sich Aufnahmen einer Vernehmung anschaue, um am Verhalten eine mögliche Hörschädigung zu erkennen. Selbstverständlich, jetzt konnten die beiden endlich etwas zurückgeben. Kurze Zeit später gab es sogar ein persönliches Treffen, da Ben aufgrund der Videos keine Prognose abgeben konnte. Anna hatte das Gefühl, dass ihr Sohn diesen Verbrecher mochte. Sie war entsetzt, als Ben darum bat, ihn regelmäßig besuchen zu dürfen. Er würde sich gerne mit ihm unterhalten, immerhin könne er ein wenig die Gebärdensprache und wolle diese auch weiter lernen und überhaupt sei das kein schlechter Mensch. Sie solle ihm vertrauen, er könne nämlich an den Umgebungsfarben erkennen, ob jemand gut oder schlecht sei. Anna schüttelte darüber nur mit dem Kopf und zog die Augenbrauen hoch.

Anna würde es nicht verhindern können, Ben hatte einen ziemlichen Dickkopf. Also besuchte ihr Sohn jetzt alle 14 Tage einen Doppelmörder, der im Gefängnis damit begann, Kinderbücher zu schreiben. Ben malte die Bilder dazu und Anna musste sagen, dass sie beeindruckt war von dem, was sie zu lesen und zu sehen bekam. Sie las Korrektur, da der Mörder zwar gute Ideen hatte und schreiben konnte, aber die Rechtschreibung und der Satzbau zu wünschen übrig ließ. Ben blühte auf, er konnte helfen und war nicht derjenige, der auf Hilfe angewiesen war. Diese Rolle kannte er zu Genüge und genoss es, selbst der Helfende zu sein. Auch Ben musste spüren, dass die Menschen um ihn herum ihn oft als behinderten Vollidioten ansahen. Am liebsten mochte er Kinder, das hatte sie als Mutter beobachtet. Wie er sich freute, wenn sie versuchten, seine Handbewegungen nachzuahmen mit ihren kleinen Wurstfingern.

*

Eines Abends lud Ben sie zu einem klassischen Konzert ein. Sie wunderte sich über diese außergewöhnliche Einladung, genoss aber die Musik, und auch Ben schien Freude an diesem Abend zu haben. Später eröffnete Ben, dass er gern sein Abitur machen und nach Essen umziehen wollte. Leider war dieses für gehörlose Jugendliche nur in Essen möglich. Die hörenden Kinder anderer Eltern konnten in der Nähe bleiben und bei Mutter und Vater wohnen. Sie jedoch wurden durch den Umstand seiner Hörbehinderung auseinandergerissen. Anna wusste nicht, ob sie stolz oder traurig sein sollte. Immerhin gab ihr die Anwesenheit ihres Sohnes, aber auch die Aufgabe als Mutter einen gewissen Halt. Doch auch bei diesem Thema hatte sie kein Mitspracherecht. Ben hatte ihr mal in einem Streit vorgeworfen, dass sie nichts aus ihrem Leben gemacht habe, trotz des Umstands ihrer Hörfähigkeit. Das verstand er überhaupt nicht, denn wenn er hören könnte, dann würde er eine Ausbildung bei der Kripo machen und später dort arbeiten, wie Jahnke.

Sie säße häufig einfach nur rum und würde trübselig dreinschauen. Das ertrage er nicht mehr lange.

Ben kam nur noch am Wochenende vorbei, und Anna wurde den Gedanken nicht los, dass er nur einen Schlafplatz benötigte, wenn er diesen Ingo K. im Gefängnis besuchte. Welche Rolle spielte sie nun noch in seinem Leben? Welche Aufgabe hatte sie jetzt überhaupt noch und für wen? Wer war sie und was konnte sie denn schon? Wahrscheinlich hatte Peter damals Recht und sie trug Schuld an der Behinderung ihres Sohnes. Ging sie einkaufen, sah sie um sich herum glückliche Familien, glückliche Paare, lachende Kinder ohne Behinderung. Anna hasste ihr Leben, sie hasste die zufriedenen Menschen und sie wollte nur noch alleine sein. Manchmal kam sie tagelang nicht aus dem Bett. Ihr Magen knurrte zwar, aber bei dem Gedanken an Essen wurde ihr übel. Klingelte es an der Tür, öffnete sie nicht, sie wollte einfach niemanden mehr sehen. Sie hielt das Haus verdunkelt, ob es Tag oder Nacht war, sie wusste es nicht mehr. Sie fühlte sich so leer, dass sie nicht einmal mehr weinen konnte. Sie nahm schon seit einiger Zeit Schlaftabletten gegen ihre Schlafstörungen. An diesem Abend schluckte sie alle, die sie im Haus noch finden konnte und trank dazu zwei Flaschen Wodka in einem Zug leer. Dann war es endlich still.

*

„Karl Friedrich, was machst Du denn schon hier?“, fragte Edith erstaunt.

„Ach Edith, was hätte ich ohne Dich denn da unten noch so machen sollen? Arthur wäre ja doch nach Schottland zurückgegangen, um in der Kanzlei in Aberdeen zu arbeiten.“

„Apropos Aberdeen, unser Arthur ist gar kein Rechtsanwalt geworden, er hat einfach hinter unserem Rücken Astronomie studiert, was sagts Du dazu? Karl Friedrich!“

Zehn Jahre später

Es war kalt in Schottland und Arthur besuchte die drei wundervollen Steine, die er vor einigen Jahren für seine Eltern und Herrn Nierstein gesetzt hatte. In seiner Manteltasche trug er einen Brief mit sich, es sah nach Weihnachtspost aus. Vielleicht hatte Frau Krenzski ihm wieder geschrieben. Eine sehr angenehme Persönlichkeit, die zu respektieren schien, dass er nicht gerne telefonierte.

Frankfurt, den 08. Dezember

Sehr geehrter Herr Nussbaum,

ich lade Sie herzlich zu einem Weinachtessen zu Ehren Ihrer Eltern ein. In dem ehemaligen Geschäft Ihrer Familie ist nun ein wundervolles, kleines Restaurant eröffnet worden. Es würde mich sehr freuen, wenn Sie am 25.12 um 19.00 Uhr zugegen sind.

Hochachtungsvoll
Die Dame aus der Straßenbahn

Arthur überlegte kurz, ob er ein Gefühl der Verwunderung zulassen sollte und beschloss, dieses nicht zu tun. Er würde dieser ungewöhnlichen Bitte nachkommen. Er erinnerte sich an die Dame aus der Straßenbahn mit der Hahnenfeder am Hut und war gespannt, was aus dem Geschäft seiner Eltern geworden ist.

*

Jenny kam eines Abends spät und erschöpft von einem ihrer Konzerte nach Hause. In ihrem Flur lag ein Brief, auf den sie fast getreten wäre, weil sie den Lichtschalter nicht gleich fand. Jenny hatte einen Briefschlitz in ihrer Wohnungstür, durch den der Briefträger die Post werfen konnte. Zunächst überlegte sie, ob sie bis zum morgigen Tag mit dem Öffnen warten sollte. Ach, scheint keine Rechnung zu sein, dachte sie und setzte sich an den Küchentisch.

Frankfurt, den 08. Dezember

Mein liebes Kind,

hiermit lade ich dich herzlich zu einem Weihnachtsessen zu Ehren der Familie Nussbaum ein. Es findet am 25.12. um 19.00 Uhr in dem ehemaligen Schmuckgeschäft der Eheleute statt. Dort ist heute ein schönes, kleines Restaurant zu finden. Ich würde mich sehr freuen, wenn du kommst.

Liebe Grüße Deine Musikanti

Oh meine Güte, sie war gar nicht gestorben. Jenny griff zum Telefonhörer, weil sie Ingo anrufen wollte, legte aber gleich wieder auf. Es war ja mitten in der Nacht. Sie würde ihn morgen gleich nach dem Aufstehen zu erreichen versuchen.

Jenny ließ es unzählige Male klingeln, es hob aber niemand ab. Vielleicht war er unterwegs. Wie konnte das sein? Musikanti, lebte sie wirklich noch?

*

Was war das für ein Scheißwetter, dachte Ingo K. kurz und korrigierte seinen Gedanken sofort wieder. -Nein Ingo-, sagte er zu sich selbst, -es ist cool, die kalten Regentropfen ins Gesicht zu bekommen. Du bist frei und Kinderbuchautor. Und das ist wundervoll! - Mit Freude sprang er in die nächste dicke Pfütze. Er wäre eh gleich zu Hause und würde sich dann einen warmen Kakao machen. Seine Finger zitterten vor Kälte, er bekam den Briefkastenschlüssel gar nicht in das kleine Loch gesteckt. Dann muss ich wohl erst meinen warmen Kakao trinken. Die Post konnte warten. Er griff zum Telefonhörer und rief seine Schwester Jenny an.

„Ingo schön, dass du anrufst. Ich habe gestern eine sehr merkwürdige Einladung im Briefkasten gehabt. War bei dir die Post schon da? Du wirst es nicht glauben."

„Warte kurz, ich laufe gleich runter zum Briefkasten und sehe nach. Ich musste erstmal meine Finger wieder auftauen, konnte vor Zittern den Postkasten vorhin nicht öffnen. Ich melde mich gleich bei dir", sagte Ingo und legte auf.

Tatsächlich, dort war ein Weihnachtsbrief von? Er drehte das Kuvert um, damit er den Absender sehen konnte. Von – niemand- kein Absender.

Frankfurt, den 08. Dezember

Hallo mein Junge,

hiermit lade ich dich herzlich zu einem Weihnachtsessen zu Ehren der Familie Nussbaum ein. Es findet am 25.12. um 19.00 Uhr in dem ehemaligen Schmuckgeschäft der Eheleute statt. Dort ist heute ein schönes, kleines Restaurant zu finden. Ich würde mich sehr freuen, wenn du kommst.

Liebe Grüße Deine Oma

Ingo stockte der Atem. Das geht nicht, sie war vor seinen Augen gestorben, er hatte doch zugesehen. Er rief Jenny sofort zurück und konnte vor Aufregung nicht sprechen.

Er stammelte und meinte, das müsse eine Verwechslung sein.

*

Jahnke hatte Feierabend und sich auf dem Rückweg sein Abendessen, eine Gyrospita bei el Greco einpacken lassen. Er schloss seine Haustür auf und schaute in seinen Postkasten. Dort war Werbung und nochmal Werbung zu finden, es interessierte die Leute auch einen Dreck, dass er einen extragroßen Aufkleber – bitte keine Werbung einwerfen- angebracht hatte. Dann war eine Rechnung zu finden und noch ein Brief. Der hatte gar keinen Absender, sonderbar. Jahnke holte seinen hässlichen Brieföffner, Erbstück seines Großvaters, aus der obersten Schublade seines Schreibtisches und öffnete ihn.

Frankfurt, den 08. Dezember

Sehr geehrter Herr Jahnke,

ich lade Sie herzlich zu einem Weinachtessen zu Ehren des Ehepaars Nussbaum ein. In dem ehemaligen Schmuckgeschäft der Eheleute ist nun ein wundervolles, kleines Restaurant eröffnet worden. Es würde mich sehr freuen, wenn Sie am 25.12. um 19.00 Uhr zugegen sind.

Ich verbleibe mit freundlichen Grüßen
Die Dame mit den Sternen

Jahnke las diese Einladung ein weiteres Mal. Was hatte die Dame damals, die sich neben ihn setzte, deren Geruch er bis heute in der Nase hatte, mit ihm vor? Lauerte sie ihm auf? Und was hatte sie mit dem Ehepaar Nussbaum zu tun? Zum Glück war er in diesem Jahr mit seinen pubertierenden Kindern am Heiligen Abend dran und könnte der Einladung am 25.12 sogar folgen. Er beschloss, dieser ungewöhnlichen Bitte Folge zu leisten.

*

Ben war seit 3 Jahren verheiratet und hatte mit seiner ebenfalls gehörlosen Frau zwei hörende Kinder. Ihr Sohn war drei und die Tochter gerade mal 3 Monate alt. Ben arbeitete bei der Kriminalpolizei in Essen und war der erste gehörlose Kriminalkommissar Deutschlands. Sein direkter Kollege wurde damals in der Gebärdensprache ausgebildet. Die Kosten für diese Kurse trug das Integrationsamt, ansonsten konnte Ben über ein gewisses Stundenkontingent für eine Arbeitsassistentin, die diplomierte Gebärdensprachdolmetscherin war, verfügen.

Als Ben eines Tages nach seinem Dienst nach Hause kam und seine Frau umarmte, gebärdete diese ihm: „Ben, Du hast einen komischen Brief bekommen, es ist aber kein Absender hinten zu lesen."

Ben dachte sofort an Ingo K., der schrieb ihm manchmal sehr lustige Dinge. Er versuchte immer noch die Aura anderer Leute zu sehen und da es bei ihm nicht klappen wollte, dachte er sich Geschichten dazu aus. Er schrieb sogar einmal ein Kinderbuch darüber. Ein Buch über die Aura von Fischen.

Ben öffnete den Brief im Beisein seiner Frau.

Frankfurt, den 08. Dezember

Lieber Ben,

hiermit lade ich dich herzlich zu einem Weihnachtsessen zu Ehren der Familie Nussbaum ein. Es findet am 25.12. um 19.00 Uhr in dem ehemaligen Schmuckgeschäft der Eheleute statt. Dort ist heute ein schönes, kleines Restaurant zu finden. Ich würde mich sehr freuen, wenn du kommst.

Mit gebärdenfreundlichen Grüßen
Die alte Bäuerin mit dem
Hahn auf dem Arm

Die Frau von Ben guckte ihn ungläubig an und kräuselte die Stirn. Ben musste schmunzeln. Er hatte damals bereits als kleiner Junge gespürt, dass an dieser Bäuerin etwas Merkwürdiges oder viel eher gesagt Besonderes war. Wirklich verwundert über so eine Einladung war er nicht.

*

Am Abend des 25. Dezember trafen nach und nach die fünf besagten Personen im Restaurant „Zum krähenden Hahn" ein. Es war ein uriges, kleines Lokal, welches von einer großen, schlanken Frau geführt wurde.

Arthur Nussbaum war sehr angetan, was aus dem kleinen Geschäft seiner Eltern geworden war und freute sich sogar, den gehörlosen Ben kennenzulernen. Sein Gesicht kam ihm irgendwie bekannt vor. Es war schön, dass mit dem Geld seiner Eltern ein Lebenstraum erfüllt werden konnte.

Alle setzten sich an einen gedeckten Tisch, der mit kunstvoll verzierten Eierschalen als Teelichthalter geschmückt war. Jahnke war der erste, der das Wort ergriff, und Ingo K. fing ganz automatisch an, für Ben zu übersetzen. Die beiden waren mittlerweile ein eingespieltes Team, auch wenn Ben in Essen wohnte und Ingo K. in Frankfurt. Der Beruf von Ingo K. ließ es zu, auch an anderen Orten zu arbeiten.

„Ich bin Jahnke. Hätte jemand etwas dagegen, wenn wir uns alle duzen? Ich denke, wir sind alle einer ähnlichen, merkwürdigen Einladung zum Weihnachtsessen gefolgt."

Die kleine Gruppe nickte.

„Darf ich fragen, woher ihr diese Dame, die uns alle hierher eingeladen hat, aber noch nicht anwesend zu sein scheint, kanntet?"

Nach und nach berichteten alle, wo und wie sie Hermine Wachtel, alias Musikanti, alias Bäuerin, alias die Dame mit den Sternen und alias die Dame aus der Straßenbahn, kennengelernt hatten.

Jahnke schaute nach einer Weile Ingo K. und Arthur Nussbaum an und fragte, ob sie nach all den Jahrean aufklären könnten, was damals in dem Brief stand und was Ingo K. mit Herrn Nussbaum im Gespräch an Worten gewechselt hatte.

Ein kurzer Blick zwischen diesen beiden und ein simultanes, fast unmerkliches Kopf schütteln machte deutlich, dass das ein Geheimnis bleiben würde.

Während sich die Anwesenden langsam in Gespräche vertieften, verteilte die Chefin des Hauses eine kleine Vorspeise.

„So, als ersten Gruß aus der Küche, darf ich Ihnen eine vegetarische Frikadelle aus Belugalinsen, angereichert an einem, mit karamellisiertem Zucker überzogenen Fetakäse und einer Vinaigrette aus Himbeeressig und Senf servieren. Guten Appetit“, trällerte sie und reichte das Essen an.

Jenny war begeistert: “Whow, das ist eine richtige Komposition der Geschmäcker. Wahnsinn, das nächste Mal bringe ich mein Cello mit und spiele die passende Melodie dazu!“

Ben grinste und gebärdete zu Ingo K. rüber: “Na mein Lieber, da bin ich ja gespannt, wie du das dann übersetzen willst.“

„Ich steck dir einen hübschen rosa Luftballon zwischen deine Patschhände und dann kannst du das selber fühlen. Da wird nicht übersetzt“, grinste Ingo K.

Jahnke und Arthur waren beeindruckt von der Gebärdensprache und dem Humor der beiden. Jenny war hin und weg von der Geschmacksexplosion in ihrem Mund und bekam gerade nicht viel von den anderen Gesprächen mit. Die Tür zur Küche öffnete sich kurze Zeit später erneut.

„Für den heutigen Abend dürfen Sie sich von einem Menü der besonderen Art überraschen lassen. Verschaffen Sie sich einen Eindruck von meiner internationalen Kochkunst und lassen Sie sich ein wenig verzaubern. Als Nächstes kredenze ich Ihnen eine Suppe aus einem Zusammenspiel von Kürbis, Avocado und Kokosmilch, angereichert mit frischen Tomatenstückchen und abgeschmeckt mit einem Hauch von Minze und Curry. Voila.“

Arthur war es aus Schottland gewohnt, viel Getreide und Fisch zu essen. Er konnte mit gutem Gewissen behaupten, noch nie so ungewöhnliche

Dinge gegessen zu haben. Das könnte noch spannend werden.

Im Laufe des Abends wurden viele Anekdoten erzählt. Arthur verriet zum Beispiel, dass er seine Eltern all die Jahre in dem Glauben ließ, Jura studiert zu haben und als Rechtsanwalt nach Schottland gegangen zu sein. Die Runde lachte.

Und Jahnke erzählte, dass er regelmäßig an Steinen im Bach lutschte, um zu überprüfen, ob sie immer noch so schmeckten wie Schnee.

Ben prustete laut los und fragte:“ Wirklich? Machst du das wirklich?“

„Ja klar, aus dem Glas trinken kann ja jeder“, jauchzte Jahnke und erhob sein Glas und stieß mit Ben und Ingo K. an, der weiterhin nebenbei übersetzte.

„Ich dachte früher als Kind immer, dass ich so bekloppte Sachen mache, weil ich gehörlos bin. Das beruhigt mich, dass ihr Hörenden auch so bescheuert sein könnt.“, meinte Ben.

Nebenbei erwähnte Jenny: „Die Dame des Hauses könnte man auch in einer Oper auf der Bühne antreffen, so anmutig wie sie sich bewegt.“

Die Tür zur Küche öffnete sich erneut, und die Chefin servierte mit einer Eleganz das nächste Gericht, als würde sie sich auf einem Laufsteg bewegen. Sogar die Kleider schienen in Abstimmung zum Essen zu wechseln. Nun wurde in einer warmen, grünen Tunika folgender Gang gereicht.

„Als Hauptgericht reiche ich falschen Hahn aus Kichererbsenpürree in einer Zitronenbutter gebraten und mit Kürbiskernöl abgestimmt, dazu wird eine Sauce aus Joghurt und Kresse mit einer feinen Note von Chili serviert. Lassen Sie es sich schmecken."

Ben musste an seine Mutter denken, falscher Hahn war eines ihrer Lieblingsessen gewesen, allerdings aus Hackfleisch und nicht aus Kichererbsen. Er träumte oft von ihr und bedauerte, dass sie nie ihre Enkelkinder kennengelernt hatte. Ben hoffte, dass es ihr nun besser gehen würde, als damals zu Lebzeiten.

Bei Jahnke schaltete sich ebenfalls kurzfristig der Kopf ein. Er grübelte darüber, was es mit diesem Weihnachtsessen auf sich hatte. Er konnte die Teile nicht zusammenfügen, obwohl sie alle fünf die Gemeinsamkeit der älteren Dame und der Einladung zu Ehren des Ehepaars Nussbaum geklärt hatten. Aber was war der Grund dieser Einladung?

„Genießen Sie einfach weiter und hören Sie auf zu denken“, sagte Arthur und reichte ihm die kleine Speisekarte, die er auf dem Nachbartisch gefunden hatte.

„Lesen Sie die Vita auf der ersten Seite durch und Sie finden Ihre Antwort“, sagte Arthur.

Dort stand geschrieben:

Ich heiße Sie herzlich willkommen in meinem Restaurant „Zum krähenden Hahn“. Mein Name ist Sascha Krynski. Mit 20 Jahren wanderte ich in ein traumhaft schönes Land aus und verbrachte die letzten vierzehn Jahre in Neuseeland. Ein Land, das sowohl kulturell, als auch kulinarisch so bunt, wie ein Bild von Kandinsky ist. Mit der Ausbildung zur Köchin erfüllte ich mir einen Lebenstraum. Seitdem koche ich ungewöhnliche, kreative Rezepte. Es gibt lediglich eine Zutat, die Sie in keiner meiner Speisen vorfinden werden und das ist Hähnchenfleisch. Der Hahn ist für mich ein heiliges Tier. Die Suche nach meinen Wurzeln ließ mich nach Deutschland zurückkehren und ich glaube fest daran, dass der Hahn mir dabei helfen wird. Ich wünsche Ihnen einen zauberhaften Abend und einen guten Appetit.

Ihre Sascha Krynski

Jahnke wurde weiß. War das aber nicht damals ein Junge? Er stupste Ingo K. an und fragte leise:

„Wie hieß dein kleiner Bruder damals?“

„Sascha, warum?“

Jahnke gab die Karte rüber und signalisierte ihm, er solle die erste Seite lesen. Ingo K. las und verschluckte sich. Er schaute ungläubig zu Jenny rüber.

Sprachlos gab er die Speisekarte weiter und stammelte: „Les, äähm, lies mal“.

Auch Jenny stockte der Atem. In diesem Moment kam die Dame des Hauses wieder herein und blieb abrupt stehen. Alle fünf Gäste starrten sie an. Sie wischte sich im Gesicht herum und fragte etwas irritiert, ob etwas mit dem Essen nicht in Ordnung sei? Alle fünf schüttelten gleichzeitig den Kopf. Ben ergriff als erster das Wort mit seinen Händen und Ingo K. übersetzte, ohne Nachzudenken.

„Darf ich Ihnen eine sehr ungewöhnliche Frage stellen, gnädige Frau?“

„Aber sehr gerne, der Herr“, antwortete sie freundlich.

„Waren Sie einmal ein Mann?“

Die Farben ihrer Aura waren in heller Aufregung, das konnte Ben sehen.

Nach einer kurzen Pause kam die Antwort. „Ja, das war ich.“

Sie setzte sich.

„Ich fühlte mich aber falsch in meinem Körper und wanderte nach Neuseeland aus, um ganz neu anzufangen. Ich fühle mich als Frau viel besser, aber es fehlt immer noch etwas. Ich denke, dass es mit meiner Herkunft zu tun hat. Ich weiß nicht, wer ich bin. Und nun bin ich hier, als Frau und suche nach der Geschichte meines Lebens.“

Jenny und Ingo K. nahmen sich beide an den Händen und standen langsam auf: „Wir sind deine Geschwister. Ich bin Ingo Krynski und das ist deine Schwester Jenny Krenski. Du warst damals das jüngste Kind von uns dreien, kannst du dich überhaupt an uns erinnern?“

Sascha fiel ihnen in die Arme, und alle drei jauchzten und weinten vor Freude. Sogar Jahnke musste vor Rührung heulen. Er kannte die Geschichte dieser drei Kinder aus den Akten des Jugendamtes und es war so schön zu sehen, wie sie wieder zusammenfanden. Sie waren eine Familie und nun wusste er, warum dieses Treffen heute Abend hatte stattfinden müssen.

Währenddessen saßen Arthur und Ben still da und beobachteten die kleine Gruppe und waren glücklich.